무민파파의 회고록

무민 도서관
무민파파의 회고록

초판 1쇄 인쇄일_2018년 5월 30일 | 초판 1쇄 발행일_2018년 6월 14일
글·그림_토베 얀손 | 옮김_따루 살미넨
펴낸이_박진숙 | 펴낸곳_작가정신 | 출판등록_1987년 11월 14일(제1-537호)
책임편집_윤소라 | 디자인_노민지
마케팅_김미숙 | 디지털 콘텐츠_김영란
주소_(10881) 경기도 파주시 문발로 314 2층 | 전화_(031)955-6230
팩스_(031)944-2858 | 이메일_mint@jakka.co.kr | 홈페이지_www.jakka.co.kr

ISBN 979-11-6026-650-4 04890
ISBN 979-11-6026-656-6 (세트)

이 도서의 국립중앙도서관 출판시도서목록(CIP)은 서지정보유통지원시스템 홈페이지
(http://seoji.nl.go.kr)와 국가자료공동목록시스템(http://www.nl.go.kr/kolisnet)에서
이용하실 수 있습니다.
(CIP제어번호 : CIP2018013619)

Muminpappans memoarer

Copyright ⓒ Tove Jansson (1950, 1968) Moomin Characters™
Korean Translation Copyright ⓒ Jakkajungsin 2018
Korean Publication rights arranged by Seoul Merchandising Co., Ltd.
All rights reserved.

이 책의 한국어판 저작권은 SMC를 통한 저작권자와의 독점 계약으로 작가정신 출판사에 있습니다.
저작권법에 의해 한국 내에서 보호를 받는 저작물이므로 무단 전재와 무단 복제를 금합니다.

* 책값은 뒤표지에 있습니다. * 잘못된 책은 바꾸어 드립니다.
* 이 책의 등장인물을 포함한 고유명사는 가독성을 위하여 국내에 널리 소개된 표기를 따랐습니다.

MUMINPAPPANS MEMOARER

무민파파의 회고록

토베 얀손 무민 연작소설

따루 살미넨 옮김

작가
정신

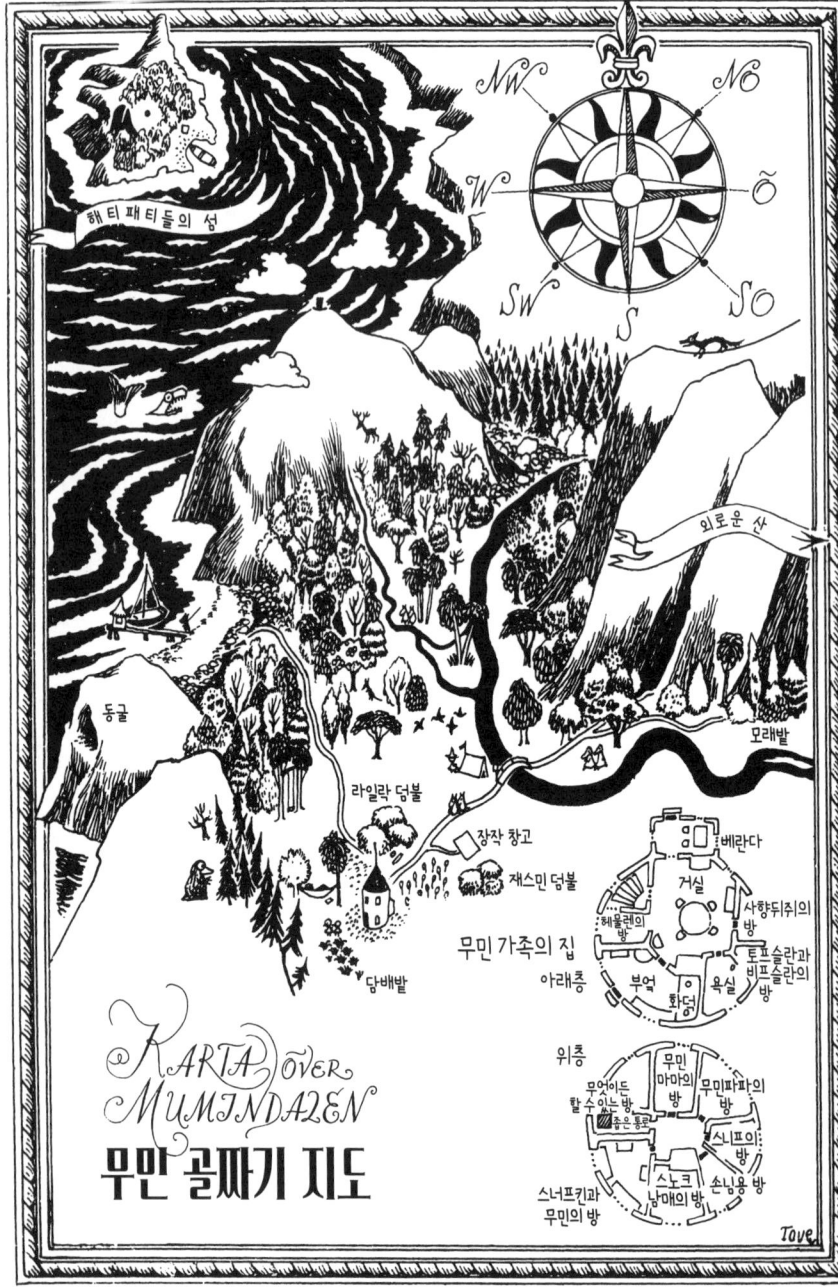

차례

여는 이야기 ………………………………………… 7

머리말 ……………………………………………… 12

제1장 ………………………………………………… 17
이 장에서는 불행한 어린 시절과 생애 첫 사건과 극적으로 탈출한 밤의 끔찍한 방랑과 호지스와 역사적으로 만난 순간을 서술한다

제2장 ………………………………………………… 46
이 장에서는 머들러와 요스터를 등장시키고, 부블 에드워드를 소개하며, 바다 관현악단을 물에 띄운 독특한 방법을 묘사한다

제3장 ………………………………………………… 72
이 장에서는 나의 명예로운 첫 구조 작업과 그 충격적인 결과, 그에 따른 몇 가지 생각과 니블링의 습성을 기록한다

제4장 ………………………………………………… 106
이 장에서는 바다를 건너는 우리의 항해 이야기가 거대한 폭풍을 묘사하며 절정에 달하고 아주 끔찍한 순간에 끝맺는다

제5장 ………………………………………………… 125
이 장에서는 (내 지능을 증명할 소소한 증거를 제시한 다음) 밈블 가족을 소개하며 독재자가 선사한 매력적인 선물을 받는 축제를 묘사한다

제6장 ………………………………………………… 154
이 장에서는 내가 개척지를 만들고, 위기를 겪고, 공포의 섬의 유령을 불러낸다

제7장 ………………………………………………… 184
이 장에서는 새로워진 바다 관현악단의 훌륭한 공개식과 모험 가득한 깊은 바다 속으로 시험 잠수한 상황을 묘사한다

제8장 ………………………………………………… 203
이 장에서는 머들러의 결혼식을 상세히 설명하고, 무민마마와 만난 극적인 순간을 가볍게 언급하며 내 회고록을 의미심장하게 끝맺는다

후기 ………………………………………………… 229

여는 이야기

언젠가 무민이 아주 어렸을 때, 무민파파가 한여름에 감기에 걸리고 말았다. 무민파파는 설탕을 넣은 뜨거운 양파 우유를 마시고 싶어 하지도 않았고, 침대에 눕고 싶어 하지도 않았다. 무민파파는 정원 그네에 앉아 담배 맛이 끔찍하다고 투덜거리며 계속 코를 풀어 댔고, 풀밭에 코 푼 휴지가 가득 차자 무민마마가 작은 바구니에 옮겨 담았다.

 콧물이 더 심해지자 베란다로 자리를 옮긴 무민파파는 담요를 얼굴까지 뒤집어쓰고 흔들의자에 앉았고, 무민마마는 럼토디*를 건넸다. 하지만 이미 때를 놓친 뒤였다. 럼토디는 양파 우유만큼이나 맛이 없었고, 모든 희망을 내려놓은 무민파파는 북쪽 고미 다락방으로 가서 침대에 누웠다. 무민파파는 전에 한 번도 앓아누운 적이 없었기 때문에 이 일을 아주 심각하게 받아들였다.

목이 너무 아파 참을 수 없어지자 무민파파는 무민마마에게 무민과 스너프킨과 스니프를 데려오게 했고, 아이들이 침대 옆에 모였다. 무민파파는 아이들에게 진정한 모험가와 함께 살았다는 사실을 늘 잊지 말라고 당부하고는 스니프에게 거실 서랍장 위에 놓여 있는 해포석으로 만든 전차를 가져다 달라고 했다. 하지만 무민파파의 목이 너무 쉰 탓에 아무도 그 말을 제대로 알아듣지 못했다.

아이들은 애처로운 무민파파를 달래고 이불을 덮어 준 다음, 캐러멜과 두통약과 재미있는 책을 건네고는 다시 햇볕을 쬐러 나가 버렸다.

무민파파는 잠들기 직전까지 누워서 신경질을 냈다. 초저녁에 일어났을 때, 목은 덜 아팠지만 여전히 신경질이 났다. 무민파파가 침대 옆에 놓인 식사 종을 울리자, 계단을 한달음에 올라온 무민마마가 상태를 물었다.

* **럼토디**(Romtoddy)_ 따뜻한 럼에 커피, 우유, 코코아, 물, 벌꿀 등을 섞어 마시는 칵테일.—옮긴이

무민파파가 대답했다.

"끔찍해요. 하지만 그런 건 아무러나 상관없어요. 지금은 해포석으로 만든 내 전차가 가장 중요해요."

무민마마가 깜짝 놀라 말했다.

"그 거실 장식품 말이에요? 그건 왜요?"

무민파파가 침대에서 일어나 앉아 물었다.

"그게 내 젊은 시절에 얼마나 중요한 역할을 했는지 정말 몰라서 물어요?"

무민마마가 말했다.

"그래요. 어디에서 당첨됐던가 그랬죠."

무민파파는 고개를 내젓더니 코를 팽 풀고 한숨을 내쉰 다음 말했다.

"내 이럴 줄 알았다니까. 행여나 내가 오늘 아침에 감기 때문에 죽었어 봐요. 그러면 아무도 전차 이야기를 모르겠군요. 다른 중요한 이야기도 마찬가지일 테고. 내가 젊었을 때 이야기를 분명히 들려줬는데, 역시나 모조리 잊어버렸군요."

무민마마가 인정했다.

"이런저런 작고 사소한 부분은 잊어버렸을지도 모르겠어요. 기억은 조금씩 희미해지게 마련이니까요……. 이제 뭐든 좀 먹지 그래요? 여름 수프랑 주스 푸딩이 있어요."

무민파파가 울적하게 말했다.

"피곤하네요."

무민파파는 벽 쪽으로 몸을 돌리고는 마른기침을 했다.

무민마마가 무민파파를 잠깐 지켜보더니 입을 열었다.

"있죠, 지난번에 여기 다락을 청소하다가 커다란 공책을 하나 찾았어요. 거기에 당신 젊었을 때 이야기를 글로 옮겨 보면 어떨까요?"

무민파파는 아무 대답도 하지 않았지만, 기침을 멈추었다.

무민마마가 말을 이었다.

"어차피 감기 때문에 밖에 나가지도 못하니까 지금이 딱 좋은 때 같아요. 누가 자기 삶을 돌아보며 쓴 글을 회고록이라고 하지 않아요?"

무민파파가 말했다.

"흠, 회고록이라."

무민마마가 말했다.

"당신이 글을 쓴 다음에 우리한테 읽어 줘요. 이를테면, 아침이랑 저녁을 먹은 다음에 말이죠."

무민파파가 코를 훌쩍거리며 담요를 걷고 나왔다.

"그리 금방 되지는 않을 거예요. 책 한 권을 쉽사리 쓸 수 있다고 생각하지 말아요. 나는 한 장이 마무리되기 전에는 한마디도 읽어 주지 않을 거고, 당신한테 먼저 읽어 준 다음에 애들한테 읽어 줄 거예요."

무민마마가 말했다.

"그래요. 당신 뜻대로 해요."

무민마마는 다락으로 올라가 공책을 찾았다.

무민이 물었다.

"아빠는 좀 어떠세요?"

무민마마가 대답했다.

"좋아지셨단다. 그리고 이제 진짜 조용히 하렴. 아빠가 오늘부터 회고록을 쓰실 테니까."

머리말

나 무민파파는 이 밤, 내 방 창문가에 앉아 장막이 드리워진 듯한 정원의 어둠 속에서 반딧불이가 수놓는 비밀스러운 신호를 바라보고 있다. 아스라이 스러져 가는 짧지만 행복했던 인생의 굴곡이여!

한 집안의 가장이자 집주인인 내가 질풍 같던 젊은 시절을 그리워하며 묘사하려니 손에 쥔 펜이 망설임으로 떨린다.

그러나 다른 위인의 회고록에서 찾은 인상적인 명언을 되새기며 자신감을 북돋고자 한다.

"신분에 관계없이 진실하고 선량한 이가 세상에서 어떠한 좋은 일이나 좋다고 여겨지는 일을 이루어 냈다면 자신의 인생을 직접 글로 써야 함이 옳겠으나, 마흔 전에 이 아름다운 과업을 시작함은 시기상조다."

나는 좋은 일을 꽤 이루었으며, 좋다고 여겨지는 일은 더 많이 이루었다고 본다. 또한 나는 제법 선량하며, 지루하지는 않을 만큼 진실하다. (내 나이는 잊어버렸다.)

그래, 내 이야기를 해 달라고 조르는 가족들의 성화에 못 이겨 마지못해 시작한다. 나 또한 내가 쓴 책이 곧 무민 골짜기 곳곳에서 읽히리라는 데 크나큰 매력을 느꼈다는 사실을 기꺼이 인정한다!

이 보잘것없는 기록이 무민들 모두에게, 특히 내 아들 무민에게 기쁨과 교훈을 주기를 바란다. 한때 또렷했던 내 기억은 이제 다소 희미해졌다. 그러나 지방색을 강조하고 생생함을 드러내고자 조금 과장하고 변주했을 뿐, 이 회고록에 거짓은 추호도 없다.

아직 살아 있는 이들을 배려하는 차원에서 필리용크를 헤물렌으로, 개프지를 고슴도치 등으로 이따금 등장인물을 바꾸었으나, 재치 있는 독자라면 실제로 어떤 일이 일어났는지 정도는 제대로 이해하리라 믿는다.

더불어 재치 있는 독자는 요스터가 스너프킨의 아빠라

는 비밀을 알아차릴 테고, 스니프가 머들러의 후손이 틀림없다는 사실을 인정하리라.

아이들아, 작고 철없는 아이들아. 너희는 아빠가 위엄 있고 근엄하다고 믿겠지만, 세 아빠의 경험을 기록한 이 이야기를 읽고 나면 (젊었을 때만큼은) 아빠들도 별다르지 않았다고 느끼게 될 것이다.

내게는 모험이 끊이지 않았던 우리의 남다른 청춘을 나 자신 그리고 나와 동시대를 살아가는 이들과 후세를 위해 서술할 의무가 있다. 또한 독자들이 내 글을 읽다 고개를 들고 이렇게 소리치리라 믿어 의심치 않는다. "대단한 무민이야!" 혹은, "이게 바로 진정한 삶이지!". (맙소사. 너무 엄숙하게 느껴지는군.)*

끝으로, 내 삶이 훌륭한 예술작품이 되도록 영향을 준 이들, 특히 호지스, 해티패티들 그리고 무민의 완벽한 엄마인 내 아내에게 따뜻한 감사 인사를 전한다.

8월의 무민 골짜기에서
저자

---

* 만약 지금 정말 내 회고록을 읽고 있다면, 처음부터 다시 시작하기를 바란다.

제1장

이 장에서는 불행한 어린 시절과 생애 첫 사건과
극적으로 탈출한 밤의 끔찍한 방랑과
호지스와 역사적으로 만난 순간을 서술한다

오래전 바람 부는 어느 우중충한 가을밤, 평범한 갈색 종이봉투가 무민 보육원 계단참에서 발견되었다. 그 종이봉투 속에 내가 누워 있었다. 신문지에 성의 없어 보이게 둘둘 말린 상태로.

이끼 위에 놓인 예쁘고 앙증맞은 바구니 속에 누워 있었다면 훨씬 더 낭만적이었을 텐데!

보육원을 설립한 헤물렌은 점성학에 관심이 많았는데,

(일상적인 수준에 불과했지만) 현명하게도 나의 탄생을 주관하는 별자리에 관심을 가졌다. 그 별은 비범하고 재능 많은 무민의 탄생을 가리켰고, 헤물렌은 나 때문에 골치 아파질까 봐 걱정했다. (일반적으로 천재들은 예의가 없다고 생각하지만, 적어도 나는 전혀 신경 쓰지 않았다.)

별자리란 신기하기 그지없다! 내가 만약 두어 시간 일찍 태어났더라면 맹렬한 포수가 되었을 테고, 나보다 20분 늦게 태어난 이들은 모두 헤물렌 악단에 가입해야 한다는 의무감을 떨쳐 버리지 못했을 터였다. (아이를 세상에 내보내는 엄마 아빠들은 모두 조심하고 또 조심해야 하며, 날짜 계산은 최대한 정확히 하길 권한다.)

아무튼 헤물렌이 나를 봉투에서 꺼내 들었을 때, 나는 아주 단호하게 재채기를 세 번 했다. 재채기 세 번에는 틀림없이 의미 있는 무엇인가가 있으리라!

헤물렌은 마법과도 같은 숫자 13을 찍은 인장을 내 꼬리에 달았는데, 돌봐야 할 아이가 열두 명이나 있었기 때문이다. 그 아이들은 하나같이 진지하고 고분고분하고 예의 발랐는데, 불행히도 헤물렌은 아이들을 안아 주기보다는 씻기는 데 시간을 더 많이 들였기 때문이었다. (헤물렌은 그런 미묘한 차이에는 전혀 눈치가 없는 그런 부류였다.) 사랑하는 독자들이여, 모든 방이 한 줄로 늘어서 있고, 사각

형에, 벽은 필젠 맥주 빛깔 같은 갈색으로만 칠해진 무민의 집을 상상해 보라. 내 말을 믿지 못하겠는가? 여러분은 무민의 집이라면 놀라울 만큼 유려하게 둥글어야 하고, 비밀의 방, 계단, 발코니와 탑이 있어야 한다고 말할 것이다. 그러나 그 집에는 그런 것을 전혀 찾아볼 수가 없었다! 심지어 밤에 일어나서 먹거나 이야기하거나 돌아다닐 수조차 없었다! (화장실도 겨우 갈 수 있었다!)

재미있는 벌레도 가져다 침대 밑에 둘 수 없었다! 정해진 시간에 먹고 씻어야 했다! 인사할 때는 꼬리를 45도 각도로 세워야 했다! 세상에, 누가 이 모든 것을 눈물 없이 이야기할 수 있겠는가!?

나는 현관에 있는 작은 거울 앞에 서서 내 애잔한 푸른빛 눈을 깊이 들여다보며 내 삶의 비밀을 꿰뚫어 보려고 노력하곤 했다. 그때마다 입을 손으로 가리고 한숨을 내쉬며 중얼거렸다.

"나 혼자야! 이 냉혹한 세상에서! 이게 내 운명이라니!"

그리고 기분이 조금 풀릴 때까지 다른 슬픈 말도 계속 중얼거렸다.

특별한 재능을 가진 이들이 흔히 그렇듯이 나는 아주 외로운 아이였다. 아무도 나를 이해하지 못했고, 나조차도 나를 이해하지 못했다. 물론 내가 다른 아이들과 다르다는 사실은 알고 있었다. 가장 중요한 차이점이라면, 안타깝게도 다른 아이들은 호기심을 갖거나 놀랄 줄을 몰랐다는 점이다.

예를 들어, 나는 헤물렌에게 왜 온 세상이 거꾸로 되어 있지 않은지 물어보았다.

헤물렌이 대답했다.

"그것도 보기 좋겠구나. 그런데 이대로는 좋지 않다는 말이니?"

헤물렌은 아무것도 제대로 설명해 주지 않았고, 갈수록 피하려는 낌새만 점점 강해졌다. '무엇을 언제?' 그리고 '누

가 어떻게?' 같은 질문은 헤뮬렌에게 아무 의미가 없었다. 나는 헤뮬렌에게 내가 왜 나이고, 다른 누군가가 아닌지도 물어보았다.

헤뮬렌에게도 나에게도 불행이 아닐 수 없었다!

"씻었니?"

헤뮬렌은 이토록 중요한 질문에 이렇게 대답했다.

나는 계속해서 물었다.

"그럼 이모는 왜 무민이 아니고 헤뮬렌이에요?"

헤뮬렌이 대답했다.

"우리 엄마와 아빠가 헤뮬렌이었단다. 천만다행이지 뭐니."

나는 궁금했다.

"그럼 이모의 엄마와 아빠의 엄마와 아빠는요?"

헤뮬렌이 소리쳤다.

"헤뮬렌들이었지! 그리고 그 엄마와 아빠와 그 엄마와 아빠까지 모두 다. 혼나기 전에 이제 씻으러 가!"

내가 물었다.

"끔찍하네요. 거기엔 끝이 없어요? 어느 순간에는 첫 번째 엄마와 아빠가 있었을 거 아니에요?"

헤뮬렌이 말했다.

"그렇게 오래된 일에는 신경 쓸 필요 없어. 더구나 우리한테 왜 끝이 있어야 하니?"

(어렴풋이 든 예감은 내게 우리 엄마와 아빠의 혈통이 꽤 특별하다고 끈질기게 말해 왔다. 내 포대기에 왕관이 새겨져 있었더라도 놀라지 않았을 것이다. 아! 종이봉투에는 뭐라고 적혀 있었을까!?)

어느 날 밤, 나는 꼬리를 잘못된 각도, 다시 말해 60도로 세우고 헤뮬렌에게 인사하는 꿈을 꾸었다. 나는 이 재미있는 꿈을 헤뮬렌에게 묘사하며 혹시 화가 나지는 않는지 물었다.

헤뮬렌이 말했다.

"꿈은 쓰레기나 마찬가지야."

내가 따지고 들었다.

"알 게 뭐예요? 제 꿈에 나온 그 무민이 진짜고, 여기 서 있는 무민은 이모의 꿈일 뿐일지도 모르잖아요?"

헤뮬렌이 피곤한 듯 말했다.

"안됐지만 틀렸어! 너는 여기 있는 게 맞아! 널 어쩌면 좋니! 너 때문에 골치가 아프구나! 이 헤뮬렌답지 않은 세상에서 도대체 뭐가 되려고 그러니?"

나는 진지하게 설명했다.

"유명해질 거예요. 그리고 무엇보다도 어린 헤뮬렌 고아들을 위한 집을 지을 거예요. 그 아이들은 모두 침대에서 시럽 샌드위치를 먹어도 되고, 침대 밑에 뱀이랑 스컹크를 둬도 돼요!"

헤물렌이 말했다.

"걔들은 그러고 싶어 하지 않을걸."

안타깝지만 헤물렌의 말이 옳았으리라.

내 어린 시절은 끊임없는 의문 가운데 차분히 지나갔다. 나는 나 자신을 궁금해하며 '무엇을 언제?' 그리고 '누가 어떻게?'라는 질문만 되뇌었을 뿐, 다른 아무것도 하지 않았다. 헤물렌과 고분고분한 아이들은 되도록 나를 가까이하지 않으려 했는데, '왜?'라는 단어 때문에 불편한 게 틀림없었다. 그래서 헤물렌의 집 근처에 있는 인적 없고 나무도 한 그루 없는 바닷가를 혼자 돌아다니며 거미줄과 별, 꼬리를 말고 물웅덩이를 바삐 오가는 벌레 그리고 시시각각 방향을 바꾸며 늘 다른 향을 몰고 불어오는 바람을 깊이 생각했다. (나중에 알게 되었지만, 재능 있는 무민은 누가 봐도 뻔한 일은 궁금해하면서도 평범한 무민이 이상하다고 생각하는 일은 전혀 놀라울 게 없다고 생각한다.) 우울한 시절이었다.

그러나 내 얼굴 생김새를 고민하기 시작하면서 변화가 찾아왔다. 대수롭지 않은 주위 환경에서 눈을 돌려 나 자신을 생각하는 데 깊이 빠져들었다. 의문에서 벗어나자, 대신 내 감정과 생각을 이야기하고 싶은 마음이 들어찼다. 아, 그러나 나 말고는 아무도 내게 관심이 없었다.

 이윽고 내 성장에 아주 중요한 봄이 찾아왔다. 처음에는 나를 위한 봄이라는 사실을 깨닫지 못했다. 겨울을 보내고 모두 깨어나 수선스럽게 짹짹대고 으르렁거리고 윙윙대는 소리를 들었다. 헤물렌의 바둑판 모양 텃밭에서 온몸이 잔뜩 주름진 새싹이 조바심 내며 싹을 틔우는 모습을 보았다. 새로운 바람이 밤마다 노래를 불렀다. 향기도 달라졌다. 변화의 향기였다. 나는 쿵쿵대며 코를 벌름거렸고, 다리에는 성장통이 생겼지만, 이 모든 변화가 오직 나에게만 찾아왔다는 사실은 여전히 눈치 채지 못했다.
 마침내 나는 바람 부는 어느 날 아침에 느꼈다……. 그렇다, 그냥 느꼈다. 그리고 헤물렌이 좋아하지 않아서 가지 못했던 바다로 곧장 걸어갔다.
 중요한 경험이 바다에서 나를 기다리고 있었다. 나는 처음으로 내 모습을 온전히 보았다. 빛나는 빙판은 헤물렌의 집 현관에 있는 거울보다 훨씬 컸다. 봄날 하늘에 뜬 구름이 꼿꼿이 서 있는 작고 예쁜 내 두 귀를 스쳐 지나가는 모습이 보였다. 드디어 내 온 얼굴과 발끝까지 이어지는 탱탱하고 매끈한 몸을 보았다. 딱 한 부분, 두 발 때문에 조금 실망했는데, 무력하고도 유치해 보여 당혹스러웠다. 그러나 시간이 가면 괜찮아지겠거니 했다. 두 말할 것도 없이 내 강점은 바로 머리다. 내가 무엇을 하든 남들을 지루하게 만들지는 않을 터였다. 그러니 내 발까지 내려다볼 새가 없으리라. 나는 넋을 놓고 내 모습을 바라보았다. 더 잘 보려고 빙판 위에 엎드리기까지 했다.

그러자 내 모습이 사라져 버렸다. 그 자리에는 점점 더 깊이 뻗어 내려가는 짙푸른 어둠만이 남았다. 얼음 아래 낯선 세상에 숨어 사는 불분명한 그림자들이 움직이고 있었다. 위협적이면서도 아주 매혹적이었다. 나는 어지럼증을 느끼며 생각했다.

'빠지면 어떡하지! 저 아래 낯선 그림자 속으로……'

그 생각이 너무 끔찍해서 다시 한 번 생각했다.

'깊이, 더 깊이……. 절대 안 돼! 점점 더 아래로, 아래로, 아래로.'

그러자 흥분을 참을 수가 없었다. 얼음이 얼마나 단단한지 보려고 벌떡 일어서서 발을 쿵쿵 굴렀다. 단단했다. 더 앞으로 나아가서 그쪽 얼음도 단단한지 보려고 발을 굴렀지만, 거기는 달랐다.

순식간에 나는 차갑고 푸른 바닷물에 귀 끝까지 잠겨 버렸고, 내 두 다리는 깊이를 알 수 없는 위험천만한 어둠 속에서 무력하게 버둥거렸다. 구름은 그때도 아무 일 없다는 듯 너무도 평온하게 하늘을 떠다니고 있었다.

혹시 위협적인 그림자가 달려들어 나를 잡아먹어 버리면 어떡하지! 내 한쪽 귀를 집으로 가져간 녀석이 자식들에게 이렇게 말할지도 몰랐다.

"식기 전에 얼른 먹으렴! 이런 진짜 무민은 날마다 맛볼 수 있는 게 아니란다!"

귓가에 해초를 한 뭉치 매단 채 눈물겨운 모습으로 바닷가에 떠밀려 가면, 헤물렌이 회한 섞인 눈물을 흘리며 이렇게 말할지도 몰랐다.

"아, 이 아이는 정말 비범한 무민이었어! 그걸 제때 알아차리지 못했다니……."

꼬리에 꼬리를 문 상상이 장례식에까지 미쳤을 즈음, 무엇인가가 슬그머니 내 꼬리를 무는 느낌이 들었다. 꼬리가 있는 이들이라면 이 특별한 장식이 얼마나 민감한지 그리고 위험이나 공격에 얼마나 예민하게 반응하는지 알고 있으리라. 나는 매력적인 꿈을 털어 버리고 움직임에만 온 신경을 쏟았다. 결연한 마음으로 다시 빙판 위까지 기어 올라간 다음 바닷가로 돌아갔다. 그리고 그곳에서 스스로에게 말했다.

"이제 내게 '사건'이 일어났다. 내 삶에서 일어난 첫 '사건'이다. 이제 더는 헤물렌에게 의지하지 않겠다. 내 운명은 내 손 안에 있다!"

나는 하루 종일 추위에 덜덜 떨었지만 왜 추위하는지 아무도 묻지 않았다. 그래서 내 결심은 더 확고해졌다. 해 질 녘, 내 침대보를 갈기갈기 찢어 묶어 밧줄을 만들었다. 밧줄은 창턱에 단단히 묶었다. 고분고분한 아이들이 내 모습을 지켜보았지만 아무 말도 하지 않아 섭섭했다. 저녁 차를 마신 다음, 나는 신중하게 작별 편지를 썼다. 간단하지만 품위 있게, 다음과 같은 내용이었다.

헤물렌에게

중요한 과업이 저를 기다리고 있으며, 무민의 삶은 길지 않습니다. 그래서 떠납니다. 안녕히 계세요. 영광스러운 월계관을 쓰고 돌아올 테니 슬퍼하지 마세요.

추신 : 호박잼 한 통 가져갑니다.

그럼 안녕히.

어느 남다른 무민 올림

주사위는 던져졌다! 나는 운명의 별에 이끌려 나를 기다리는 놀라운 일은 짐작도 못 한 채 길을 나섰다. 나는 서글프게 황야를 떠돌며 황량한 산길에서 한숨짓는 아주 젊은 무민일 뿐이었고, 밤이 내는 끔찍한 소리에 점점 더 고독해져만 갔다.

회고록을 여기까지 쓴 무민파파는 자신의 불행한 어린 시절을 달래려 잠깐 숨을 돌릴 수밖에 없었다. 무민파파는 펜 뚜껑을 제자리로 돌려 닫은 다음, 창문 쪽으로 갔다. 무민 골짜기는 너무도 고요했다.

밤의 북풍만이 정원에서 속삭였고, 벽에 매달린 무민의 줄사다리가 이리저리 흔들렸다.

무민파파는 생각했다.

'지금도 충분히 탈출할 수 있어. 내 나이는 사실 말할 거리도 못 되지!'

무민파파는 혼자 빙그레 웃었다. 그러고는 창문 밖으로 발을 뻗어 줄사다리를 끌어당겼다.

옆 창문에서 무민이 말했다.

"아니, 아빠. 뭐 하세요?"

무민파파가 대답했다.

"운동한단다, 아들아. 건강에 좋거든! 아래로 한 걸음, 위로 두 걸음, 아래로 한 걸음, 위로 두 걸음! 근육 단련에 그만이지!"

무민이 말했다.

"떨어지지만 마세요. 회고록은 어떻게 되어 가세요?"

"잘 되고 있단다."

무민파파는 이렇게 대답하며 부들부들 떨리는 다리를 창턱 위로 끌어당겼다.

"아빠가 막 탈출했단다. 헤물렌은 눈물을 흘리고 있고. 정말 감동적인 장면이 될 거야."

무민이 물었다.

"언제 저희한테 읽어 주실 거예요?"

무민파파가 말했다.

"곧 읽어 주마. 머잖아 내가 강배에 도착하면 말이다. 자기 글을 낭독하는 건 굉장히 즐거운 일이지!"

무민이 하품한 다음 말했다.

"그럼요. 안녕히 주무세요."

"그래, 잘 자렴."

이렇게 말한 무민파파가 펜 뚜껑을 돌려서 열었다.

"자, 어디까지 했더라……. 그래, 내가 도망친 다음 날 아침에— 아니지, 그건 나중 일이야. 한밤중 탈출부터 묘사해야 해……."

나는 밤새도록 낯설고 음산한 곳을 헤매고 다녔다. 지금 돌이켜 생각해도 그때 내가 얼마나 가여웠는지 모른다! 가만히 있을 용기도, 옆을 돌아볼 용기도 나지 않았다. 어둠 속에서 갑자기 무엇이 나타날지 누가 알겠는가! 보육원의 아침 행진곡인 〈이 세상이 얼마나 헤물렌답지 않은가〉를 불러 보려 했지만, 목소리가 너무 떨려서 도리어 더 겁먹고 말았다. 그날 밤은 안개가 짙었다. 헤물렌이 끓인 걸쭉한

귀리죽처럼 짙은 안개가 황야를 기어 넘어 덤불과 바위를 형체 없는 괴물로 바꾸어 버렸고, 미끄러지듯 다가오며 내게 팔을 내뻗었다……. 내가 어찌나 가여웠던지!

지긋지긋한 헤뮬렌이라도 곁에 있었다면 마음이 편했으리라. 그러나 돌아갈 수는 없었다. 절대로! 그렇게 자랑스러운 작별 편지까지 썼는데 돌아갈 수 없고말고!

드디어 아침이 밝아 왔다.

동이 터 오자, 아름다운 일이 일어났다. 안개가 헤뮬렌이 일요일마다 쓰는 모자에 달린 베일처럼 장밋빛으로 물들기 시작하더니, 순식간에 온 세상이 따사로운 장밋빛으로 변했다! 나는 잠자코 서서 지켜보며 스러지는 밤을 마음속에서도 완전히 몰아내 버렸고, 나만의 특별한 첫 아침을 맞이했다! 사랑하는 독자들이여, 내가 질색하던 인장을 꼬리에서 뜯어내어 덤불숲 멀리 던져 버렸을 때 느꼈을 기쁨과 환희를 상상해 보라! 쌀쌀하고도 환한 봄날 아침에 나는 작고 예쁜 두 귀를 바짝 세우고 고개를 높이 쳐든 채 새 자유를 얻은 무민 춤을 추었다.

이제 더는 씻지 않아도 된다! 5시라고 해서 꼭 밥을 먹지 않아도 된다! 왕이 아닌 다른 누구 앞에서 꼬리 인사를 할 필요도 없고, 네모난 갈색 맥주 빛깔 방에서 잠들지 않아도 된다! 헤뮬렌들이여, 물러가라!

태양이 떠오르자, 거미줄과 젖은 잎사귀가 햇빛에 반짝거렸고 조금씩 사라지는 안개 속에서 '길'이 보였다. 그 길은 황야를 넘어 곧장 세상 속으로, 유례없이 명성이 자자하고 남다른 삶 속으로 나를 이끌었다.

가장 먼저 나는 호박잼을 먹고 통을 내던져 버렸다. 그 뒤로 더는 아무것도 갖지 않았다. 해야 할 일도 없었고, 모든 것이 새롭기만 해서 습관처럼 할 일조차 없었다. 이제껏 이보다 더 좋았던 적이 없었다.

세상 무엇도 부럽지 않은 기분은 저녁때까지 이어졌다. 내 마음속은 나 자신과 자유로 가득 차서 땅거미가 진 뒤에도 전혀 무섭지 않았다. 어마어마한 단어만 써서 나만의 노래를 만들어 부르며 (아쉽게도 지금은 그 노래를 잊어버렸다.) 곧장 밤을 향해 걸어 들어갔다.

낯설고 좋은 향을 몰고 온 바람 때문에 내 콧속이 기대감으로 가득 찼다. 그때는 그 향이 숲의 냄새, 이끼와 고사리와 수천 그루 커다란 나무 냄새인 줄 몰랐다. 걷다 지치자, 나는 땅바닥에 몸을 웅크리고 차가운 손을 배 밑에 밀어 넣었다. 헤물렌들을 위한 보육원을 세울 필요가 없을지도 모른다. 헤물렌의 아이들이 발견되는 일도 드물다. 꽤 오랫동안 그대로 누워 유명해지기보다 모험가가 되는 편이 나을지 고민했다. 결국은 유명한 모험가가 되기로 마음먹었다. 그리고 잠들기 직전에 생각했다.
'내일부터!'

잠에서 깨자마자 새로운 초록빛 세상이 눈에 들어왔다. 이해할 수 있을지 모르겠지만, 나는 나무를 난생처음 보았기 때문에 무척 놀랐다. 초록빛 지붕을 떠받히고 창처럼 곧게 솟은 나무 꼭대기는 머리가 어지러울 만큼 높이 있었다. 나뭇잎이 한들거렸고, 햇빛이 눈부시게 비쳐들었고, 새들은 이리저리 휙휙 날아다니며 기쁘게 지저귀었다. 나는 잠깐 생각을 정리하기 위해 물구나무를 섰다. 그런 다음 소리쳤다.

"좋은 아침이에요! 이 아름다운 곳은 누구 거죠? 여기에 헤물렌들은 없겠죠?"

"우리는 시간 없어요! 노느라 바빠요!"

새들은 이렇게 소리치며 나뭇잎 사이를 곤두박질쳤다.

나는 곧장 숲 속 깊이 들어갔다. 이끼는 따뜻하고 무척 보드라웠지만, 고사리 밑에는 그늘이 깊게 드리워져 있었다. 어디에나 처음 보는 곤충과 날벌레가 북적거렸지만, 몸집이 너무 작아서 진지한 이야기를 나눌 수는 없었다. 마침내 땅콩껍질을 닦으며 앉아 있는 나이 많은 고슴도치를 만났다.

내가 말했다.

"좋은 아침이에요! 저는 아주 특별한 별자리 아래에서 태어난 외로운 난민이에요."

고슴도치는 건성으로 대답했다.

"아, 그렇군. 난 일하고 있어. 이건 요구르트 그릇이 될 거야."

"그래요?"

나는 배가 고파졌다.

"이 아름다운 곳은 누가 주인이죠?"

고슴도치가 어깨를 으쓱하며 말했다.

"주인은 없어! 모두 주인이지!"

내가 물었다.

"저도요?"

고슴도치는 계속 요구르트 그릇을 닦으며 중얼거렸다.

"당연하지."

그래도 마음이 놓이지 않아 내가 다시 물었다.

"정말 이곳 주인이 어떤 헤물렌도 아니에요?"

고슴도치가 되물었다.

"누구?"

상상할 수 있겠는가. 헤물렌을 본 적조차 없는 운 좋고 행복한 존재가 있다니!

내가 설명했다.

"헤물렌은 발이 무지 크고 유머감각은 눈곱만큼도 없어요. 둥글납작한 얼굴은 큼지막하고, 머리카락은 듬성듬성 났어요. 헤물렌은 재미로 하는 일은 하나도 없이 그냥 해야 하는 일만 하고, 늘 남한테 무엇을 해야 하는지 설명하고……."

고슴도치가 고사리밭 쪽으로 뒷걸음질을 치며 말했다.

"맙소사."

아니, 나는 조금 섭섭했다. (헤물렌이 어떤지 들려줄 말이 훨씬 더 많았기 때문이었다.) 이곳은 주인이 없고, 모두가 주인이며, 따라서 내가 주인이기도 했다. 이제 나는 무엇을 하면 좋을까?

늘 그렇듯 곧바로 생각이 떠올랐다. "짜잔!" 됐다. 만약 '무민'이 있고 어딘가 '장소'가 있다면 그곳에는 틀림없이 '집'도 있을 것이다. 내 손으로 지은 집이라니, 정말 매력적인 생각 아닌가! 오직 나만을 위한 집! 멀지 않은 곳에서 개울이 흐르는 초록빛 빈터를 찾았는데, 무민들에게 안성맞춤인 곳처럼 보였다. 개울이 돌아 흐르는 자리에는 작은 모래톱까지 있었다.

나는 나뭇가지를 집어 모래 위에 내 집을 그리기 시작했다. 단 한 순간도 망설이지 않았고, 무민의 집이 어떻게 생

겨야 하는지 정확히 알았다. 높다랗고 좁은 무민의 집에는 발코니, 계단, 탑이 여러 개 있었다. 위층에는 작은 방 세 개와 이런저런 물건을 둘 벽장을 만들었지만, 아래층에는 크고 멋진 거실만 만들었다. 집 앞에는 유리벽으로 된 베란다를 만들었는데, 나는 그곳에 흔들의자를 놓고 앉아 커다란 주스잔과 줄줄이 늘어놓은 샌드위치를 옆에 두고 흐르는 개울물을 넘어다볼 것이었다. 베란다 난간에는 솜씨 좋게 솔방울 무늬를 새겼다. 가파른 지붕 장식으로는 양파 모양으로 예쁜 꼭지를 만들어 달았고, 나중에 금박을 입히기로 했다. 황동으로 어떻게 현관문을 만들어야 전통적인 타일 난로의 문처럼 보일지 한참 고민했는데, 이는 무민들이 타일 난로 뒤에 살던 시절의 자취이다. (그러니까 난방용 배관이 발명되기 전에.) 결국 황동문은 포기했지만, 그 대신 거실에 커다란 타일 난로를 만들기로 했다.

어쨌든 집 자체가 커다란 타일 난로처럼 보였다. 사실 나는 내 아름다운 집이 불가사의할 만큼 빨리 세워져서 깜짝 놀랐다. 이는 유전적 성향 때문이기도 하지만, 재능과 판단력 그리고 자기비판을 아울러 갖추었기 때문이기도 하다. 그러나 자랑은 접어두고, 나는 내 결실을 짧게 설명만 할 따름이다.

갑자기 한기가 들었다. 고사리밭 아래에서 기어 나온 그늘이 온 숲으로 퍼지며 밤이 오고 있었다.

나는 너무 피곤하고 배고픈 나머지 어지럽기까지 했고, 고슴도치의 요구르트 그릇 말고는 아무것도 생각나지 않았다. 고슴도치의 집에는 무민의 집 지붕 꼭지를 칠할 금색 페인트가 있을지도 모르고……. 나는 지쳐 뻐근해진 발을 이끌고 어두워져 가는 숲 속으로 다시 들어갔다.

설거지하던 고슴도치가 말했다.

"너 또 왔구나. 헤물렌 이야기는 두 번 다시 하지 마!"

나는 손사래를 치며 말했다.

"아주머니, 헤물렌은 이제 저한테 아무 의미 없어요. 그건 그렇고, 제가 집을 지었어요! 그다지 대단치는 않은 이층집이에요. 그래서 지금 너무 피곤하고 너무 행복하고 무엇보다 너무 배고파요! 전 보통 5시에 밥을 먹거든요. 게다가 지붕 꼭지 때문에 금색 페인트도 좀 필요한데……."

고슴도치가 못마땅한 듯 말을 끊었다.

"뭐라고? 금색 페인트라니! 새 요구르트는 아직 준비가 안 됐고, 아까 만든 건 먹어 버렸어. 넌 내가 한창 설거지할 때 온 거고."

내가 대답했다.

"그럴 수도 있죠. 요구르트는 모험가한테 중요한 문제가 아니에요. 아주머니, 설거지는 그만두고 저랑 같이 새집을 보러 가시면 좋겠어요."

고슴도치가 나를 의심스럽게 바라보더니 한숨을 쉬며 수건으로 손을 닦고 말했다.

"흠, 그럼 물을 다시 데워야겠네. 그 집은 어디 있어? 멀어?"

내가 앞장서서 걸어가는 동안 어떤 끔찍한 예감이 발끝에서 배로 스멀스멀 기어 올라오기 시작했다. 우리는 개울에 도착했다.

고슴도치가 말했다.

"자, 어디 있어?"

나는 비참한 마음으로 모래에 그린 집 그림을 가리키며 말했다.

"아주머니, 제 집을 이렇게 만들려고 생각했어요……. 베란다 난간에 솔방울 무늬를 넣으려고요. 그러니까 혹시 실톱이 있으시면 빌려 주세요……."

나는 정말이지 어쩔 줄을 몰랐다.

사랑하는 독자들이여, 그대들도 이해하겠지만 나는 집을 지을 생각에 너무 몰두한 나머지 정말로 집이 지어졌다고 믿어 버렸다! 이는 두 말할 필요도 없이 너무 풍부한 상상력, 그러니까 훗날 내 삶과 주위 환경에 커다란 영향을 미칠 남다른 특성 때문이었다.

고슴도치는 아무 말도 하지 않았다. 고슴도치는 나를 한참 동안 바라보더니 다행히도 내가 알아들을 수 없는 말을 중얼거리며 다시 설거지를 하러 갔다.

나는 개울로 들어가 아무 생각 없이 찬물을 헤치며 걷기 시작했다. 개울은 으레 그렇듯 변덕스러우면서도 서두르지 않고 흘러갔다. 때로는 맑고 얕았으며 바닥에 자갈이 있었고, 때로는 깊고 어두우며 고요했다. 낮게 가라앉은 태양은 시뻘겠고, 소나무 줄기 사이로 햇빛이 비쳐들어 나는 눈을 감은 채 계속 물을 헤치며 나아갔다.

드디어 다시 "짜잔!" 하는 소리와 함께 새로운 생각이 떠올랐다. 내가 그 아름답고 작은 풀밭에 정말로 집을 지었더라면 풀밭이며 꽃들까지 몽땅 엉망이 되어 버렸으리라. 그렇지 않은가? 집은 풀밭 옆에 지어야 하는데, 풀밭 옆에는 자리가 없었다. 여러분도 무슨 말인지 이해할 수 있으리라. 더구나 내가 집주인이 되었다고 상상해 보라. 집주인이면서 동시에 모험가일 수 있겠는가? 단언컨대, 불가능하다!

나아가 그런 고슴도치와 평생 이웃으로 지내야 한다면 어떨지 상상해 보라! 고슴도치에게는 친척도 많을 테고, 성향 또한 하나같으리라. 크나큰 불행을 세 가지나 피하다니 천만다행이었다.

지금 돌이켜보면, 집짓기는 내가 처음 겪은 큰 '경험'이었고, 내 성장에 가장 큰 의미를 갖는 일이었다.

어쨌든 나는 자유와 자존심을 지킨 채 경쾌하고 작은 소리가 생각을 방해할 때까지 개울을 따라 물을 헤치며 나아갔다. 개울 가운데에 나뭇가지와 튼튼한 잎으로 만든 예쁜 물레방아가 돌고 있었다. 나는 깜짝 놀라 걸음을 멈추었다. 그러자 누군가 말하는 소리가 들렸다.

"실험이야. 회전수 계산."

내가 붉은 태양 쪽을 살짝 돌아보니 제법 커다란 귀 한 쌍이 블루베리 덤불 사이로 삐죽이 튀어나온 모습이 보였다.

내가 물었다.

"내가 누구와 이야기하는 영광을 얻었지?"

귀 달린 누군가가 대답했다.

"호지스. 그러는 넌 누구지?"

내가 말했다.

"무민이야. 아주 특별한 별자리 아래에서 태어난 난민이지."

"어떤 별자리?"

호지스는 틀림없이 관심을 갖고 물었고, 나는 난생처음 똑똑한 질문을 받아 뛸 듯이 기뻤다.

어쨌든 나는 개울에서 기어 나와 호지스 옆에 앉아 내 탄생과 관련된 신호와 징조를 이야기했고, 호지스는 한 번도 내 말을 끊지 않았다. 나는 헤물렌이 나를 발견한 예쁘고 작은 나뭇잎 바구니 이야기를 했다. 헤물렌의 집이 얼마나 끔찍했는지, 아무도 나를 이해하지 못했던 어린 시절이 어땠는지도 이야기했다. 뒤이어 봄날 빙판 위에서 겪은 모험과 극적인 탈출과 황야를 넘는 끔찍한 방랑도 이야기했다.

끝으로, 나는 호지스에게 모험가가 되기로 결심했다고 설명했다. (집과 고슴도치 이야기는 빼기로 했다. 이야기는 언제나 간단하고 짤막해야 하니까.)

호지스는 진지하게 들으며 적절한 때에 귀를 흔들었다. 내가 조용해지자 호지스는 오랫동안 생각에 잠겼다가 마침내 입을 열었다.

"특이해. 꽤 특이하군."

내가 고마워하며 말했다.

"응, 그렇지."

호지스가 설명했다.

"헤물렌들은 짜증나게 굴어."

호지스는 주머니에서 포장된 샌드위치를 무심하게 꺼내더니 나에게 절반을 주며 말했다.

"햄이야."

그런 다음 우리는 잠시 나란히 앉아서 태양이 사라지는 광경을 지켜보았다.

호지스와 우정을 쌓아 가는 동안, 나는 호지스가 중요한 이야기를 할 때 큰 소리로 말하지도 않으면서 남들을 안심시키고 설득해서 놀라곤 했다. 좀 불공평한 능력이지만,

그렇다고 해서 내가 이야기하지 않을 리가 없었다.

어쨌든 그날 하루는 아름답게 마무리되었고, 나는 마음이 불안한 이들에게 잘 만들어진 물레방아가 개울에서 도는 모습을 지켜보길 권한다. 물레방아를 만드는 방법은 나중에 내 아들 무민에게도 가르쳐 주었다. (이렇게 하면 된다. 끝이 갈라진 짧은 나뭇가지 두 개를 꺾어 어느 정도 거리를 두고 개울의 모래바닥에 꽂는다. 그다음, 기다랗고 튼튼한 잎사귀 네 개를 골라 나뭇가지 하나에 별 모양이 되도록 엮어 꿴다. 작은 나뭇가지 여러 개로 잎사귀를 튼튼하게 고정하는 방법은 그림을 보면 알 수 있다. 마지막으로, 나뭇잎 바퀴를 끝이 갈라진 나뭇가지에 조심스럽게 내려놓으면 물레방아가 돌기 시작한다.)

숲이 완전히 어둠에 잠기자, 호지스와 나는 내 초록빛 풀밭으로 돌아가 밤을 보냈다. 우리는 베란다에서 잠들었

지만, 호지스는 아무것도 몰랐다. 어쨌든 내 마음속에는 아주 뚜렷한 솔방울 무늬 난간이 있었다. 위층 계단을 어떻게 지어야 좋을지도 알고 있었다. 집은 완벽해졌고, 어떻게 보면 완성된 것과 다름없다고 굳게 믿었다. 더는 집을 생각할 필요가 없었다.

이제 중요한 일은 단 하나, 내가 첫 친구를 찾아 진정한 삶을 살기 시작했다는 것뿐이었다.

제2장

*이 장에서는 머들러와 요스터를 등장시키고,
부블 에드워드를 소개하며,
바다 관현악단을 물에 띄운 독특한 방법을 묘사한다*

아침에 내가 일어났을 때 호지스는 개울에 그물을 치고 있었다.

내가 말했다.

"좋은 아침. 그런데 여기에 물고기가 있어?"

호지스가 대답했다.

"아니. 생일 선물이야."

호지스다운 대답이었다. 그 말의 의미는 간단한데, 조

카가 직접 그물을 짜서 호지스에게 선물했고 만약 그물을 물속에 치지 않으면 조카가 섭섭해 할지도 모른다는 뜻이었다. 조카의 이름은 머들러*이고, 머들러의 부모님은 대청소를 하다 사라져 버렸다는 사실을 조금씩 알게 되었다. 머들러는 요즘 파란 커피 통 속에 살고 있었고, 주로 단추를 수집했다. 머들러 이야기를 간단명료하게 아주 잘 설명하지 않았나? 호지스라면 한꺼번에 이렇게 많은 이야기는 할 수 없었으리라.

  호지스가 나를 향해 한쪽 귀를 흔들더니 앞장서서 숲 속으로 들어가기 시작했다. 우리는 머들러의 커피 통 앞에 멈추어 섰다. 호지스가 속에 완두콩 한 알이 든 삼나무 피리를 꺼내 두 번 불었다. 곧바로 뚜껑이 휙 열리더니 머들러가 통 속에서 튀어나와 아주 즐거운 듯 우리에게 달려들어서는 빽빽거리며 부산스럽게 굴었다.

"좋은 아침! 얼마나 재밌는지 모르겠어! 그 어마어마하고 놀라운 걸 오늘 보여 주면 안 돼?! 누구랑 같이 온 거야? 만나서 반가워! 시간이 없어서 통을 못 치웠는데 어쩌지……."

  호지스가 말했다.

"부끄러워할 것 없어. 무민이야."

---

* 머들러는 날뛰는, 다시 말해 마구잡이로 여기저기 돌진하는, 무엇이든 넘어뜨리고 잃어버리는 작은 동물이다.—지은이

머들러가 소리쳤다.

"안녕! 잘 왔어! 금방 나갈게……. 잠깐만. 가져갈 게 좀 있어서……."

그러더니 머들러는 통 속으로 사라졌고, 우리는 정신없이 찾고 뒤지는 소리를 듣고 있었다. 잠시 뒤 머들러가 합판 상자를 옆구리에 끼고 나오자, 우리 셋은 숲 속으로 계속 걸어갔다.

갑자기 호지스가 입을 열었다.

"머들러, 페인트칠 할 줄 알아?"

머들러가 소리쳤다.

"당연하지! 한 번은 사촌들한테 이름표도 써 준 적 있어! 사촌들 모두 특별한 이름표를 하나씩 갖게 됐지! 혹시 광택 나는 금색 페인트가 필요해? 혹시 격언을 써서 달아 놓으려고? 미안한데, 도대체 뭘 하려고 그래? 삼촌의 그 놀라운 거에 필요해서 그래?"

호지스가 대답했다.

"비밀이야."

그러자 머들러가 흥분을 참지 못하고 쿵쿵 뛰는 바람에 합판 상자를 묶은 끈이 끊어져 버렸고, 머들러의 물건이, 그러니까 구리철사, 양말, 펀칭 플라이어, 귀걸이, 두 개짜리 콘센트, 깡통, 말린 개구리, 치즈 칼, 담배꽁초, 큰 단추 뭉치, 특허 받은 탄산수 병뚜껑 같은 것들이 튀어나와 이끼밭에 쏟아져 버렸다.

"자, 자."

호지스는 머들러를 달래며 물건들을 주워 상자에 도로 담았다.

머들러가 말했다.

"나한테 아주 좋은 끈이 있었는데 없어졌어! 미안해!"

그러자 호지스가 주머니에 들어 있던 끈을 꺼내 합판 상자를 묶었다. 그다음 우리는 가던 길을 계속 갔다. 티를 내지 않았지만 호지스의 귀를 보니 잔뜩 긴장했다는 사실을 알 수 있었다. 마침내 호지스가 덤불 앞에 멈추더니 돌아서서 우리를 진지하게 바라보았다.

머들러가 호기심 어린 목소리로 속삭였다.

"저기에 그 놀라운 게 있어?"

호지스가 고개를 끄덕였다. 우리는 엄숙한 자세로 헤이즐넛 덤불 아래로 기어 들어가 빈터로 나왔다. 빈터 한가운데에는 배가, 커다란 배가 우뚝 서 있었다!

배는 널찍했고 안정감 있었으며, 호지스만큼이나 자신감 넘치고 굳세어 보였다. 나는 배가 무엇인지 전혀 몰랐지만, 단박에 어떤 것인지 느낌이 왔고, 낯선 자유의 향기를 맡았다. 그와 동시에 호지스가 이 배를 꿈꾸고, 구상하고 계획하는 광경을 마음의 눈으로 보았고, 아침마다 빈터로 와서 배를 만드는 광경 또한 눈에 선했다. 작업은 어마어마하게 오랜 시간이 걸렸을 터였다. 그러나 호지스는 누구에게도, 심지어 머들러에게조차도 배 이야기를 하지 않았다.

갑자기 마음이 울적해졌다. 그래서 기운 없는 목소리로 호지스에게 물었다.

"배 이름이 뭐야?"

호지스가 대답했다.

"바다 관현악단. 잃어버린 우리 형이 썼던 시집 제목이지. 배는 군청색으로 칠해야 해."

머들러가 속삭였다.

"내가 칠해도 돼!? 그래도 돼? 진짜지! 꼬리를 걸고 맹세할 수 있어? 미안한데, 몽땅 칠해도 괜찮을까? 빨간색은 어때?"

호지스의 잃어버린 형

호지스가 고개를 끄덕이며 말했다.

"흘수선*을 조심해."

머들러가 행복에 겨워 소리쳤다.

"나한테 빨간색 페인트 통 커다란 게 하나 있어! 군청색 통도 작은 게 하나 있고……. 이런 행운이 다 있다니! 얼마나 재밌는지 모르겠어! 나 이제 집에 가서 아침밥도 준비하고 통도 닦아 놓고……."

흥분한 머들러는 수염을 휘날리며 도망치듯 떠났다.

나는 배를 보며 말했다.

"정말 잘 만들었어."

그러자 호지스가 입을 열었다. 호지스는 배가 어떤 구조인지 이야기를 잔뜩 늘어놓았다. 종이와 펜을 꺼내 외륜이 어떻게 돌아가게 될지도 보여 주었다. 나는 제대로 이해하지는 못했지만, 호지스가 고민하는 부분이 있다는 사실은 알 수 있었다. 프로펠러 때문인 듯싶었다.

물론 호지스의 고민에 공감하기는 했지만, 마음과는 달리 깊이 빠져들 수는 없었다. 그렇다. 드물지만 내 재능이 기대에 미치지 못하는 몇몇 분야가 있는데, 그 가운데 하나가 기계 공학이기 때문이다.

---

* **흘수선**_ 배가 물에 잠기는 한계선.—옮긴이

대신 배의 한가운데에 지붕이 뾰족하게 솟은 작은 집이 눈에 들어왔다.

내가 물었다.

"저 집에서 살아? 꼭 무민 집의 정자처럼 생겼는데."

호지스가 조금 못마땅하다는 듯이 대답했다.

"저기는 조타실이야."

나는 생각에 잠겨 주위를 둘러보았다. 내 안목으로는 너무 딱딱해 보이는 집이었다. 창틀은 더 창의적이었으면 싶었다. 함교에는 항해를 떠올릴 만한 무늬가 들어가야 했고, 난간은 더 안락해 보여야 했다. 지붕은 금박을 입힌 꼭지로 장식해야겠고…….

내가 조타실 문을 열었다. 바닥 한가운데에 누군가 얼굴에 모자를 덮고 드러누워 잠들어 있었다.

깜짝 놀라 내가 물었다.

"아는 녀석이야?"

호지스가 들여다보더니 말했다.

"요스터야."

나는 요스터를 바라보았다. 게으르고 물러 보였고, 밝은 갈색이 느껴지는 인상이었다. 모자는 아주 낡았고, 시든 꽃으로 장식되어 있었다. 오랫동안 씻지도 않은 듯했고, 앞으로도 씻지 않을 것만 같았다.

바로 그때, 머들러가 헐레벌떡 달려와 소리쳤다.

"음식 준비 다 됐어!"

그러자 요스터가 일어나 고양이처럼 기지개를 켜더니 하품을 했다.

"후암."

머들러가 험악하게 물었다.

"미안하지만 호지스의 배에서 뭐 하는 거야? 출입 금지 팻말 못 봤어?"

요스터가 서글서글하게 말했다.

"당연히 봤지. 그것 때문에 들어왔는데."

요스터가 어떤 성격인지 뚜렷이 보여 주는 사건이었다. 나른한 고양이 같고 평화롭기만 한 요스터의 삶을 뒤흔들 수 있는 것은 금지 팻말이나 잠긴 문, 장벽뿐이었고, 공원 관리인을 보면 수염을 바들바들 떨기 시작하는데, 그러고 나면 무슨 일이 일어날지 알 수 없었다. 그 밖의 시간에는 이미 언급했듯이 자거나 먹거나 몽상에 잠겨 있었다. 위에서 묘사했던 순간에 요스터의 주된 관심사는 밥이었다.

우리가 모두 머들러의 커피 통으로 가 보니, 낡은 체스판 위에 식은 오믈렛이 기다리고 있었다.

머들러가 설명했다.

"아침까지만 해도 아주 맛있는 푸딩이 있었어. 그런데 사라져 버렸나 봐. 이건 말하자면 즉석 오믈렛이야!"

우리가 통 뚜껑에 차려진 음식을 먹기 시작하자, 머들러는 불안과 기대가 섞인 눈으로 우리 모습을 지켜보았다. 호지스는 눈에 띄게 힘겨워하며 이상한 표정으로 한참이나 우물거렸다.

마침내 호지스가 입을 열었다.

"머들러, 안에 뭔가 딱딱한 게 들었는데."

머들러가 소리쳤다.

"딱딱한 거?! 내 수집품이 들어갔나 봐……. 뱉어! 뱉으라고!"

호지스는 까맣고 둘레가 뾰족뾰족한 알맹이 두 개를 통 뚜껑에 뱉었다.

머들러가 소리쳤다.

"용서해 줘! 이건 내 톱니바퀴야. 삼키지 않아서 천만다행이야!"

그러나 호지스는 아무 대답도 하지 않고 이마를 찌푸린 채 하늘만 쳐다보았다. 그러자 머들러가 울음을 터뜨리고 말았다.

요스터가 말했다.

"이제 머들러를 용서해 주지그래. 진심으로 미안해하고 있잖아."

호지스가 말했다.

"용서라니? 천만에!"

호지스는 종이와 펜을 꺼내더니 프로펠러와 외륜을 돌게 하려면 톱니바퀴를 어떻게 설치하면 될지 보여 주었다. 그러니까 호지스는 이렇게 그렸다. (여러분이라도 무슨 뜻인지 이해하길 바란다.)

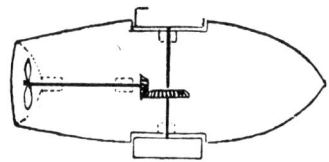

머들러가 소리쳤다.

"우와, 이게 가능한 일이야? 내 톱니바퀴가 삼촌의 발명품에 필요하다니!"

우리는 들뜬 분위기 속에서 아침밥을 먹어치웠다. 머들러는 이 사건 때문에 너무 신이 난 나머지, 가장 큰 앞치마를 두르고는 한 순간도 쉬지 않고 바다 관현악단을 빨간색으로 칠했다. 머들러가 혼신의 힘을 다해 칠한 덕에 강배도 빨개졌고 땅도 빨개졌고 헤이즐넛 관목도 빨개졌으며 무엇보다 머들러는 시뻘게졌는데, 그렇게 빨간 건 처음 보았다. 그러나 배의 이름만은 군청색이었다.

일이 다 끝나자, 호지스가 와서 보았다.

머들러가 잔뜩 긴장해서 말했다.

"예쁘지 않아? 나 정말 진지하게 칠했어! 정말 최선을 다했다고!"

호지스가 시뻘게진 머들러를 보며 고개를 끄덕였다.

"그래 보여."

호지스는 구불구불한 흘수선을 보고는 "흠." 했다. 배의 이름을 보고는 "흠흠." 했다.

머들러가 물었다.

"잘못 썼어? 무슨 말이든 해 주지 않으면 울음이 터질 것 같아! 미안해! 나한테 바다 관현악단은 엄청나게 어려

운 단어였어!"

호지스가 소리 내어 읽었다.

"바— 다— 간— 현— 악— 당—."

호지스는 잠깐 고민하더니 말했다.

"진정해. 괜찮아."

머들러는 안도의 한숨을 쉬더니 남은 페인트로 커피 통을 칠하러 서둘러 떠났다.

저녁이 되자, 호지스는 개울에 가서 그물을 확인했다. 우리가 그물 속에서 작은 나침함을 발견했을 때 얼마나 놀랐을지 상상해 보라! 나침함 안에는 기압계도 있었다! 나는 지금도 이 의미 있는 발견을 감탄해 마지않는다.

무민파파는 공책을 덮고 기대에 찬 눈으로 듣는 이들을 둘러보며 물었다.

"자, 어떠니?"

무민이 진지하게 말했다.

"엄청 좋은 책이 되겠어요."

무민은 라일락 정자에 누워서 호박벌을 보고 있었고, 날은 따뜻하고 주위는 무척 조용했다.

스니프가 말했다.

"하지만 어떤 부분은 지어낸 것 같아요."

무민파파가 소리쳤다.

"당치 않은 소리. 진짜 일어난 일들이야! 한마디 한마디가 모두 사실이라고! 물론 어떤 부분은 여기저기 조금씩 강조했을지는 몰라도……."

스니프가 말했다.

"궁금한 게 하나 있는데요. 우리 아빠 수집품은 어떻게 됐어요?"

무민파파가 물었다.

"무슨 수집품?"

스니프가 말했다.

"우리 아빠가 수집한 단추 말이에요. 머들러가 우리 아빠 아니에요?"

무민파파가 말했다.

"그래, 맞아."

스니프가 콕 집어 말했다.

"그러니까 우리 아빠의 소중한 수집품이 어떻게 되었는지 궁금하다고요. 제가 물려받았어야 했는데."

스너프킨이 말했다.

"후암. 우리 아빠가 그랬던 것처럼, 후암. 요스터 이야기는 왜 그렇게 적어요? 우리 아빠는 지금 어디 있어요?"

무민파파가 대중없이 손을 내저으며 설명했다.

"너희 아빠들은 도무지 자세히 알 길이 없단다. 잠깐 머물다 사라지곤 해서……. 어쨌든 나는 너희 아빠들의 이야기를 써서 후세에 남기잖니."

스니프는 콧방귀를 뀌었다.

스너프킨이 생각에 잠겨 말했다.

"요스터도 공원 관리인을 싫어했어요. 그것만 봐도……."

아이들은 풀밭에 발을 쭉 뻗고 앉아 햇볕을 쬐며 눈을

감았다. 기분 좋게 나른했다.

무민이 말했다.

"아빠, 그때 정말 그렇게 어색한 말을 썼어요? 기쁨을 위하여, 마음의 눈으로 같은 말 때문에 얼마나 놀랐는지 몰라요."

무민파파가 화나서 말했다.

"그런 말은 어색한 게 아니야. 그럼 책에 아무 말이나 써도 된다고 생각하니?!"

무민이 지지 않고 말했다.

"그건 그렇지만 아빠만 가끔 그런 말을 쓰잖아요. 머들러는 평범하게 말하게 내버려 두고."

무민파파가 말했다.

"휴, 그건 지방색이야. 게다가 이야기할 때와 생각할 때는 차이가 날 수밖에 없단다. 그러니까 아빠 말은, 생각하거나 묘사할 때는 말할 때와는 다른 방식으로 써야 하고, 게다가 감정은 가장 중요한 문제니까…… 내 생각에는……."

무민파파는 걱정스럽다는 듯 회고록을 뒤적거리기 시작했다.

무민파파가 물었다.

"무민, 네 생각에는 아빠가 이상한 말을 쓴 것처럼 보이니?"

무민이 말했다.

"괜찮아요. 어차피 오래전 일이고, 무슨 말인지 거의 이해도 돼요. 쓰신 거 더 있어요?"

무민파파가 대답했다.

"아직 없단다. 하지만 이제 오싹해질 거란다. 곧 부블 에드워드와 그로크가 등장할 테니까. 펜을 어디에 뒀더라?"

스너프킨이 말했다.

"여기 있어요. 요스터 이야기도 더 많이 써 주세요. 꼭이요! 하나도 빼놓지 마세요!"

무민파파는 고개를 끄덕이고는 풀밭에 공책을 내려놓고 글쓰기를 계속했다.

그때 나는 처음으로 목공에 재미를 붙였다. 이 특별한 재능은 틀림없이 타고났으며, 나는 이른바 손재주가 있다고 말할 수 있다. 내가 재능을 발휘해 만든 첫 작품은 대단치는 않았다. 나는 배가 있던 곳에서 적당한 나뭇조각을 고르고 칼을 찾아 조타실 지붕을 장식할 우아한 꼭지를 깎기 시작했다. 꼭지는 양파 모양이었고, 겉면에는 깔끔한 비늘무늬를 줄지어 새겼다.

안타깝게도 호지스는 배의 장비 가운데 이처럼 중요한

부분은 아무 말도 하지 않았고, 진수(進水) 말고는 아무 생각도 하지 못했다.

바다 관현악단은 출항 준비를 마쳤다. 네 고무바퀴 위에서 햇살에 반짝이는 빨간 모습을 보면 눈이 즐거워졌고, (부드러워 보이지만 단단한 모래 바닥에서 네 바퀴가 배를 구해 줄 터였다.) 호지스는 금빛 끈이 달린 선장 모자를 구해 왔다. 호지스는 배 밑으로 들어가 걱정스러워했다. 나는 호지스가 중얼거리는 소리를 들었다.

"배가 끼었군. 걱정했던 대로야. 다 망했어."

호지스는 바다 관현악단 밑을 기어 다니며 유난히 말을 많이 했는데, 무척 걱정스럽다는 뜻이었다.

요스터가 하품하며 말했다.

"자, 이제 떠나기만 하면 돼. 후암! 그래, 너희는 인생을 허비하고 있어! 아침부터 밤까지 이리저리 돌아다니고 고치고. 그렇게 부지런하면 위험해. 아무 소용없는데 고생스럽게 일하는 생각만 해도 우울하단 말이지. 내 친척 중에 하나는 콧수염이 축 처지도록 삼각법을 공부했는데, 다 배우고 나니까 그로크가 와서 먹어치워 버렸어. 그래, 그 친척은 너무 똑똑해서 그로크의 배 속에 누워 있는 신세가 됐지!"

요스터를 쏙 빼닮아 아무 걱정 없이 별을 따라다니는 스너프킨을 보면 자연스레 요스터의 말이 떠오른다. 스너프킨의 불가사의한 아빠는 정말이지 세상 아무 걱정이 없었고, 자기 이야기를 후세에 남길 생각도 하지 않았다. (전에도 말했듯이, 내가 회고록에 등장시키지 않았더라면 요스터는 잊히고 말았으리라.)

어쨌거나 요스터는 또 하품을 하며 물었다.

"후암. 우리 언제 출발해?"

내가 물었다.

"너도 가려고?!"

요스터가 놀라서 말했다.

"당연하지."

머들러가 말했다.

"미안하지만, 나도 그쪽으로 생각을 좀 해 봤는데……. 나 더는 커피 통에서 살 수가 없어!"

내가 말했다.

"오호."

머들러가 설명했다.

"그 빨간색 페인트는 절대 마르지 않을 거야! 미안해! 음식이며 침대며 수염이며 페인트가 묻어나지 않는 데가 없어……. 미치겠어, 호지스. 미쳐 버리겠다고!"

호지스가 말했다.

"진정하고 짐이나 챙겨."

머들러가 소리쳤다.

"우와! 생각할 게 너무 많아! 긴 여행…… 낯설고 새로운 삶……."

그러더니 머들러는 페인트를 흩뿌리며 쏜살같이 뛰어갔다.

내 생각에, 우리 선원들은 믿음직함과는 거리가 멀었다.

그러나 바다 관현악단은 그대로 옴짝달싹 못 했고, 고무 바퀴는 땅속에 깊이 박혀 1센티미터도 움직이지 않았다. 우리는 조선소 (그러니까 빈터) 땅을 모조리 파내기도 했지만 아무 도움이 되지 않았다. 호지스는 머리를 움켜쥐고 주저앉았다.

내가 말했다.

"너무 그렇게 슬퍼하지 마."

호지스가 대답했다.

"슬퍼하는 게 아니야. 생각하는 거지. 배가 꼼짝도 못 해. 배를 강까지 가져갈 수가 없어. 그렇다면 강을 배까지 가져와야 해. 어떻게? 강의 흐름을 바꿔서. 어떻게? 둑으로 막아서. 어떻게? 돌을 던져서……."

내가 어쩔 줄 몰라 물었다.

"뭐라고?"

"아니야! 부블 에드워드. 녀석이 강에 주저앉기만 하면 돼."

호지스가 갑자기 너무 크게 소리치는 바람에 나는 펄쩍 뛰어오르고 말았다.

내가 물었다.

"녀석 꼬리가 그렇게 길어?"

호지스가 불쑥 내뱉듯이 말했다.

"어마어마하지. 달력 있어?"

점점 북받쳐 오르는 흥분에 휩싸여 내가 말했다.

"아니."

호지스가 생각에 잠겨 말했다.

"그저께 완두콩죽을 먹었어. 그러면 오늘은 녀석이 목욕하는 토요일이지. 좋아, 서둘러!"

우리가 강 하류 쪽으로 걸어가는 동안 내가 조심스럽게 물었다.

"부블들은 화를 잘 내?"

호지스가 대답했다.

"응. 하지만 누굴 죽이는 건 실수로 밟았을 때뿐이지. 그러고는 일주일 내내 울어. 장례식 비용도 내주고."

"납작해진 다음이라면 별로 위로가 되지 않겠는걸."

나는 이렇게 중얼거리며 스스로 엄청 용감하다고 느꼈다. 사랑하는 독자들이여, 그대들에게 묻노니, 두려움이 없다면 제아무리 용감하다 한들 무슨 큰 재주라 말할 수 있겠는가?

호지스가 갑자기 걸음을 멈추고 말했다.

"여기야."

내가 물었다.

"어디? 녀석이 이 탑에 살아?"

호지스가 설명했다.

"이건 녀석의 다리야. 조용히 해. 이제 부를 테니까."

그러더니 호지스가 있는 힘껏 소리쳤다.

"어이, 거기! 여기 호지스가 왔어! 오늘 목욕은 어디에서 해?"

그러자 까마득히 높은 곳에서 우레 같은 목소리가 대답했다.

"평소처럼 바다에서 하지, 이 벼룩 같은 놈아!"

호지스가 부르짖었다.

"강에서 해! 모래 바닥이야! 엄청 부드러워!"

부블 에드워드가 말했다.

"거짓말, 사기 치지 마. 저 젠장맞을 강바닥에 돌이 짜증나게 많이 깔렸다는 건 바보도 알아!"

호지스가 소리쳤다.

"아니야! 모래 바닥이라고!"

부블이 한동안 혼자 뭐라고 중얼거리다가 마침내 입을 열었다.

"좋아. 네가 말한 젠장맞을 강에서 목욕해 보지. 저리 비켜. 난 이제 더는 장례식 비용을 낼 돈이 없어. 그리고 날 속이는 거라면, 장례식 비용은 네가 알아서 내. 이 머릿니 알 같은 놈! 내 발이 얼마나 민감한지 알고 있겠지. 내 엉덩이는 말할 것도 없고!"

호지스는 딱 한마디만 속삭였다.

"뛰어!"

우리는 그대로 뛰기 시작했다. 나는 살면서 그렇게 빨리 뛰어 본 적이 없었고, 뛰는 내내 부블 에드워드가 뾰족뾰족한 돌멩이 무더기에 그 거대한 엉덩이를 어떻게 내려놓을지, 그러면 느낄 분노가 얼마나 끔찍할지, 그래서 일으킬 해일이 얼마나 거대할지 상상하자, 모든 게 너무 거대하고 위험하게 느껴져 급기야는 아무 희망도 남지 않았다는 생각까지 들었다.

갑자기 으르렁거리는 소리가 어마어마하게 크게 들려왔다! 뒷목의 털이 쭈뼛 곤두설 만큼 끔찍했다. 그러더니 해일이 숲을 덮쳐 오기 시작했……

호지스가 소리쳤다.

"배로 가!"

우리는 해일에 쫓기며 헐레벌떡 조선소에 도착해 꼬리를 간신히 난간 위로 끌어올렸고, 갑판에 누워 자고 있던 요스터에 발이 걸려 비틀거렸고, 그다음에는 모든 게 쉭 하는 하얀 물거품 속으로 사라졌다. 바다 관현악단은 출렁이며 앞으로 번쩍 기울었고, 두려움에 가득 차 삐걱거렸다.

그러나 다음 순간, 자랑스러운 우리 배는 이끼밭을 벗어나 파도를 올라타더니 숲을 가로지르며 쏜살같이 내달리기 시작했다. 톱니바퀴가 움직였고, 프로펠러는 신명 나게 돌았다. 우리의 톱니바퀴가 드디어 작동했다! 호지스는 안정감 있게 키를 잡고 나무숲 사이로 배를 몰아 갔다.

그야말로 비할 데 없는 진수였다! 꽃잎과 나뭇잎이 갑판에 흩날렸고, 바다 관현악단은 축제를 돋보이게 하는 공연을 보여 주듯 마지막으로 강을 향해 의기양양하게 뛰어올랐다. 이윽고 바다 관현악단은 활기차게 첨벙한 다음, 물길을 따라 나아갔다.

호지스가 소리쳤다.

"암초가 있나 잘 봐!"

(호지스는 경첩이 제대로 달렸는지 시험하려고 암초에 부딪혀 보았으면 했다.) 나는 열심히 강을 살폈지만, 우리 앞에서 출렁거리며 떠 있는 빨간 통 말고는 아무것도 보이지 않았다.

내가 말했다.

"저건 무슨 통일까?"

요스터가 말했다.

"굉장히 낯익어. 저 통 안에 머들러가 들어 있어도 놀랍지 않겠군."

나는 호지스를 돌아보며 말했다.

"호지스, 머들러를 두고 왔잖아!"

호지스가 대답했다.

"그렇군. 내가 어쩌다 그랬지?"

그때 우리는 흠뻑 젖은 머들러의 빨간 얼굴이 통에서 비죽 나오는 모습을 보았다. 머들러는 온 힘을 다해 두 팔을

휘젓다가 두르고 있던 목도리에 목이 졸릴 뻔했다.

요스터와 내가 난간 아래로 몸을 숙여 커피 통을 붙잡았다. 커피 통은 페인트 때문에 끈적거렸고, 꽤 묵직했다.

호지스가 말했다.

"갑판 조심해. 통을 배 위로 끌어올렸을 때 말이야. 머들러, 괜찮아?"

머들러가 소리쳤다.

"미쳐 버리는 줄 알았어! 생각 좀 해 봐! 짐을 챙기고 있는데 해일이……. 온통 뒤죽박죽이 돼 버렸어! 가장 좋은 창문 고리를 잃어버렸고, 담배 파이프 청소 기구도 잃어버린 것 같아! 마음속도, 물건들도 엉망진창이야……. 너무 비참해!"

그렇지만 머들러는 만족스러운 표정을 지으며 단추 수집품을 색다른 방식으로 정리하기 시작했다. 바다 관현악단은 첨벙거리는 외륜으로 조용히 나아갔다.

나는 호지스 옆에 앉아서 말했다.

"우리가 두 번 다시 부블 에드워드를 만날 일이 없었으면 좋겠다. 우리 때문에 엄청 화났겠지?"

호지스가 대답했다.

"응. 엄청."

제3장

이 장에서는 나의 명예로운 첫 구조 작업과
그 충격적인 결과, 그에 따른 몇 가지 생각과
니블링의 습성을 기록한다

낯익은 초록빛 숲이 시야에서 사라졌다. 모든 게 거대하고 신기하고 낯설었고, 못생긴 동물들이 가파른 강기슭을 으르렁거리고 쿵쿵거리며 돌아다녔다. 바다 관현악단에 나와 호지스처럼 책임감 강한 이가 둘이나 있어서 천만다행이었다. 요스터는 아무것도 심각하게 여기지 않았고, 머들러의 관심은 커피 통에서 벗어나는 법이 없었다. 뱃머리 갑판에 둔 커피 통은 햇볕에 조금씩 마르기 시작했다. 그러나 머들러는 전처럼 완전히 깨끗해지지 않고 계속 조금 붉은빛을 띠었다.

내가 금박을 입힌 꼭지로 장식한 강배는 천천히 첨벙거렸다. 물론 호지스의 배에는 금색 페인트가 준비되어 있었는데, 이렇게 중요한 물품이 없었더라면 나는 깜짝 놀랐을 터였다.

나는 주로 조타실에 앉아 강기슭에 펼쳐지는 갖가지 경이로운 광경을 지켜보았고, 기압계를 두드리거나 갑판 위를 오가며 생각에 잠기곤 했다.

특히 헤물렌이 강배를 탄 모험가의 동료가 된 나를 보면 얼마나 놀랄지 상상하길 즐겼다. 솔직히 말해서 헤물렌은 그래도 싸다!

어느 저녁, 우리는 깊고 인적 없는 만(灣)에 도착했다.
요스터가 말했다.
"이 만 생김새가 마음에 안 들어. '감'이 와."
호지스가 말로는 표현할 수 없는 목소리로 말했다.
"감이라니? 머들러! 닻이 내려가게 둬."
"당장 할게!"
이렇게 소리친 머들러가 커다란 냄비를 난간 너머로 던져 버렸다.

내가 물었다.

"저거 혹시 우리 저녁밥이었어?"

머들러가 소리쳤다.

"안됐지만 맞아! 미안해! 서두르다 보면 실수하기 쉽잖아! 내가 너무 흥분하는 바람에……. 대신 젤리를 줄게. 찾기만 하면……."

이런 일은 특히 머들러들에게 자주 일어난다.

그러나 요스터는 난간에 서서 눈을 반짝이며 육지를 바라보았다. 산등성이 위로 빠르게 내려앉은 땅거미가 잔잔하고 고적한 파도처럼 수평선 쪽으로 몰려가고 있었다.

내가 물었다.

"자, 그러니까 네 감이 어떻다고?"

요스터가 말했다.

"조용히 해! 무슨 소리가 들렸어……."

나는 귀를 쫑긋 세웠지만, 육지에서 불어오는 바람이 바다 관현악단의 밧줄을 스치며 윙윙대는 희미한 소리만 들렸다.

내가 말했다.

"별거 아닐걸. 이리 와. 들어가서 등잔이나 켜자."

머들러가 그릇을 들고 통에서 뛰쳐나오며 소리쳤다.

"젤리를 찾았어!"

바로 그때 고요한 저녁을 깨뜨리는 처참한 비명 소리가 울려 퍼졌는데, 얼마나 구슬프고도 위협적으로 울부짖는지 뒷목의 털이 쭈뼛 곤두설 정도였다. 머들러는 소리를 내지르며 그릇을 갑판에 떨어뜨리고 말았다.

요스터가 말했다.

"그로크야. 밤이면 저렇게 사냥 노래를 부르지."

내가 물었다.

"그로크가 수영할 줄 알아?"

호지스가 대답했다.

"모를 일이지."

그로크는 산허리에서 사냥하고 있었다. 내가 들었던 가장 쓸쓸한 울음소리였다. 소리는 희미해졌다가도 다시 가까워졌고, 잠깐 끊기기도 했다……. 그로크가 아무 소리도 내지 않을 때 훨씬 더 끔찍한 느낌이 들었다. 떠오르는 달빛 아래로 그로크의 그림자가 슬그머니 비치는 듯했다.

갑판 위가 서늘했다.

요스터가 소리쳤다.

"저기 좀 봐!"

강기슭으로 누군가가 급히 달려 내려오더니 물가를 이리저리 헤매기 시작했다.

호지스가 우울한 목소리로 말했다.
"누군지 몰라도 곧 잡아먹히겠군."
내가 소리쳤다.
"무민의 눈앞에서는 절대 용납 못 해! 내가 구하겠어!"
호지스가 말했다.
"시간 없어."

그러나 나는 이미 결정을 내렸다. 내가 난간에 올라서서 말했다.

"이름 없는 모험가의 무덤을 장식하는 화환은 없지. 그렇지만 나한테는 눈물 흘리는 헤물렌 둘이 들어간 화강암 기념비를 세워 줘!"

그러고는 시커먼 물속으로 뛰어들어 곧장 밑바닥으로 잠수하자 머들러의 냄비가 뿅! 하고 나타났고, 나는 아주 침착하게 안에 들었던 고기 찜을 쏟아 버린 다음, 이마로

냄비를 밀며 강기슭으로 번개처럼 재빨리 수영해 갔다.

내가 소리쳤다.

"이게 바로 용기지! 여기 무민이 왔다! 그로크들이 마음 놓고 아무나 잡아먹는 세상이라니, 말이 돼?!"

산허리에서 바위가 덜그럭거렸다……. 이제 그로크의 사냥 노래는 그쳤고 거친 숨소리가 점점 더 가까이 다가들었다…….

나는 운 나쁜 이에게 소리쳤다.

"냄비에 올라타요!"

그가 뛰어들자마자 냄비는 손잡이까지 물에 잠겼다. 누군가 어둠 속에서 내 꼬리를 잡아채려 했다……. 나는 꼬리를 잡아당겼다……. 하! 이 얼마나 명예로운 행동인가! 아무나 할 수 없는 일이다! 나는 친구들이 숨죽인 채 기다리고 있는 바다 관현악단을 향해 역사적인 구조를 시작했다.

구조자는 정말이지 너무 무거웠다.

나는 죽을 힘을 다해 꼬리를 재빨리 돌리며 배를 규칙적으로 움직였다. 마치 물 위를 가르는 무민바람처럼 쏜살같이 배에 가 닿았고, 갑판 위로 끌어올려졌으며, 구조자를 냄비 밖으로 꺼냈고, 강가에 혼자 남은 그로크는 허기와 분노로 울부짖었다. (그로크는 수영할 줄 몰랐다.)

호지스는 내가 누구를 구했는지 보려고 등잔을 켰다.

단언컨대, 그때가 내 질풍 같았던 젊은 시절 중 최악의 순간이었다. 내 눈앞에 앉아 갑판을 흥건하게 적시고 있던 이는 다름 아닌 헤물렌이었다! 그때를 말로 표현하자면 다음과 같다.

"도대체 이게 무슨 상황이야!"

내가 헤물렌을 구조했다.

처음에는 너무도 놀란 나머지 꼬리를 45도 각도로 세웠지만, 내가 자유로운 무민이라는 사실을 떠올린 다음에는 마음 놓고 말했다.

"세상에! 안녕하세요! 정말 뜻밖이에요! 믿을 수가 없네요!"

헤물렌이 고기 찜을 우산에서 주워 들며 물었다.

"뭘 믿을 수가 없어?"

섭섭해진 내가 말했다.

"제가 이모를 구조했잖아요. 그러니까 이모가 저한테 구조됐다고요. 제 작별 편지를 봤어요?"

헤물렌이 퉁명스럽게 말했다.

"난 네 이모가 아니야. 나는 편지 한 통 받은 적 없어. 우표를 안 붙였겠지. 아니면 주소를 잘못 썼든지. 그것도 아니면 깜박 잊고 보내지 않았든지. 네가 글을 쓸 줄이나 안다면 말이지만……."

헤물렌은 모자를 고쳐 쓰더니 선심 쓰듯 덧붙였다.

"그래도 수영은 잘하는구나."

요스터가 조심스럽게 물었다.

"서로 아는 사이예요?"

헤물렌이 말했다.

"아니. 나는 보육원 헤물렌의 이모야. 누가 갑판에 젤리를 몽땅 쏟았어? 걸레 줘 봐. 거기 귀 커다란 너 말이야. 여기 청소 좀 해야겠다."

호지스가 (보육원 헤물렌의 이모가 호지스를 가리켰기 때문에) 요스터의 잠옷을 들고 급히 달려 나오자, 헤물렌 아주머니가 받아 들더니 갑판을 닦기 시작했다.

헤물렌 아주머니가 설명했다.

"화가 나서 참을 수가 없군. 이럴 때 청소 말고는 아무것도 도움이 되질 않아."

우리는 헤물렌 아주머니의 뒤에 조용히 서 있었다.

끝내 요스터가 웅얼거렸다.

"내가 감이 온다고 했지."

그때 헤물렌 아주머니가 고개를 돌려 까탈스러운 표정으로 우리에게 말했다.

"거기 너, 조용히 해. 넌 담배를 피우기엔 너무 어려. 차라리 건강에 좋은 우유를 마셔. 그러면 손을 떨지도 않고, 얼굴이 노래지지도 않고, 꼬리털이 빠지지도 않아. 나를 구하다니 너희는 정말 운이 좋은 거야. 이제 여기가 제대로 돌아갈 테니까!"

호지스가 서둘러 말했다.

"기압계를 보러 가야겠군."

그러더니 호지스는 슬며시 조타실로 들어가 문을 닫아 버렸다.

그러나 기압계도 너무 놀란 나머지 눈금이 40이나 떨어졌고, 니블링들을 만나기 전까지는 올라갈 엄두를 내지 못했다. 그러나 이 이야기는 나중에 하겠다.

덧붙여, 확실히 우리는 당분간 부당한 시련을 피할 일말의 가능성조차 없었다.

  무민파파가 회고록에서 눈을 떼며 여느 때와 같은 목소리로 말했다.
"자, 벌써 여기까지 왔군."
  무민이 말했다.
"있죠, 아빠. 아빠가 가끔 쓰는 그 이상한 표현이 점점 익숙해져요. 그 냄비는 엄청나게 컸나 봐요……. 아빠 책이 완성되면 우리는 부자가 될까요?"
  무민파파가 진지하게 말했다.
"엄청난 부자가 되겠지."
  스니프가 의견을 내놓았다.
"그럼 수익은 우리가 나누어 가져야 해요. 우리 아빠 머들러가 책의 주인공이니까요."
  스너프킨이 말했다.
"나는 쭉 요스터가 주인공인 줄 알았는데. 우리 아빠가 얼마나 훌륭한지 이제야 알았어! 내가 아빠를 닮아서 정말 좋아."
  무민이 탁자 밑으로 스니프를 걷어차며 소리쳤다.
"너희 늙은 아빠들은 배경일 뿐이야! 책에 나오는 것만으로도 영광인 줄 알아!"

스니프가 콧수염을 부르르 떨며 소리쳤다.

"너, 날 찼다 이거지!"

무민마마가 거실 문으로 들여다보며 물었다.

"너희 왜 그러니? 무슨 기분 나쁜 일이라도 있어?"

"아빠가 아빠 회고록을 낭독하고 계세요."

무민이 이렇게 설명했다. (아빠를 강조해서.)

무민마마가 물었다.

"그래서 어떠니?"

무민이 말했다.

"흥미진진해요!"

"그래, 그렇지."

무민마마가 맞장구치고는 말을 이었다.

"아이들이 우리한테 안 좋은 영향을 받을 만한 일은 읽어 주지 말아요. 차라리 '삐삐삐' 하고 넘어가요. 파이프 줄까요?"

스니프가 소리쳤다.

"무민파파가 담배 피우게 하지 마세요. 헤물렌 아주머니가 그랬는데 담배 피우면 손도 떨고 얼굴도 노래지고 꼬리털도 빠진대요!"

무민마마가 말했다.

"글쎄, 무민파파는 평생 담배를 피웠는데, 손도 떨지 않고, 꼬리털이 빠지거나 얼굴이 노래지지도 않았잖니. 재미있는 건 뭐든 몸에도 좋은 법이란다."

무민마마는 무민파파의 파이프에 불을 붙여 준 다음, 바다에서 불어오는 바람이 들어오도록 창문을 열었다. 그리고 휘파람을 불며 부엌으로 가서 커피를 불에 올렸다.

스니프가 비난하듯 말했다.

"배를 물에 띄우면서 어떻게 우리 아빠를 잊어버려요? 아빠가 나중에 단추 수집품을 정리하기는 했어요?"

무민파파가 대답했다.

"물론이지. 여러 번 정리했단다. 머들러는 늘 색다른 방식을 개발했어. 단추를 색깔이나 크기나 모양이나 소재나 좋아하는 정도에 따라 정리했지."

스니프가 꿈꾸듯 말했다.

"기막히네요."

스너프킨이 말했다.

"우리 아빠 잠옷이 젤리로 범벅이 되어서 걱정했어요. 그 뒤로 아빠는 뭘 입고 잤어요?"

"내 잠옷을 입었지."

무민파파가 이렇게 말하더니, 천장 쪽으로 커다란 연기 구름을 내뿜었다.

스니프가 입을 크게 벌려 하품했다. 그러고는 말했다.

"박쥐 잡으러 갈래?"

스너프킨이 말했다.

"그러자."

무민이 말했다.

"이따 봐요, 아빠."

무민파파는 베란다에 혼자 앉아 있었다. 잠깐 동안 곰곰이 생각에 잠겼다가 이윽고 펜을 든 무민파파는 젊은 시절 이야기를 계속 써내려갔다.

다음 날 아침, 헤물렌 아주머니는 끔찍하게 기분이 좋았다. 그래서 6시부터 빽빽거리며 우리를 깨웠다.

"좋은 아침이구나! 좋은 아침이야!! 좋은 아침이라고!!! 이제 시작하자꾸나! 우선 간단히 양말 꿰매기 대회부터 하자. (너희 서랍장을 봤거든.) 그다음에는 보상으로 교육적인 놀이를 좀 하고. 아주 유익하지. 그럼 오늘 우리가 뭘 먹고 힘을 내면 좋을까?"

머들러가 말했다.

"커피요."

헤물렌 아주머니가 말했다.

"죽을 먹자꾸나. 커피는 늙어서 기운 없을 때나 마시는 거지."

요스터가 중얼거렸다.

"죽을 먹다가 죽은 이를 알아요. 죽이 목에 걸리는 바람에 숨 막혀 죽었어요."

헤물렌 아주머니가 말했다.

"너희가 커피를 마시는 걸 부모님이 보면 뭐라고 하시겠니. 아마 펑펑 우시겠지. 너희는 가정교육을 도대체 어떻게 받았니? 제대로 받긴 했어? 아니면 날 때부터 구제불능이었어?"

내가 말했다.

"저는 아주 특별한 별자리 아래에서 태어났어요. 바닥에 우단이 깔린 작은 조개껍질에서 발견됐고요!"

호지스가 또박또박 말했다.

"교육은 필요 없어요. 저는 발명가니까요. 제가 하고 싶은 대로 해요."

머들리가 소리쳤다.

"죄송한데요! 우리 아빠 엄마는 우실 리가 없어요! 우리 아빠 엄마는 대청소를 하다가 사라졌거든요!"

요스터가 거친 손놀림으로 파이프 속을 채우고 말했다.

"하! 저는 규칙이 싫어요. 공원 관리인이 떠오르거든요."

헤물렌 아주머니는 우리를 한참 동안 바라보았다. 그러더니 천천히 말했다.

"이제부터는 내가 너희를 돌봐 주마."

우리는 한목소리로 소리쳤다.

"그럴 필요 없어요!"

그러나 헤물렌 아주머니는 고개를 내저으며 끔찍한 말을 내뱉었다.

"그게 내가 저버릴 수 없는 '의무'란다."

그러고 나서 헤물렌 아주머니는 뱃머리로 갔는데, 교육적이고 지긋지긋한 무엇인가를 생각하는 게 틀림없었다.

우리는 뱃고물에 있는 차양 아래로 기어 들어가 서로 위로했다.

내가 소리쳤다.

"내 꼬리를 걸고 맹세하는데, 어둠 속에서 누구를 구조하는 짓은 두 번 다시 하지 않겠어!"

요스터가 말했다.

"늦었어. 헤물렌 아주머니는 뭐든 할 준비가 됐어. 머잖아 내 파이프를 난간 너머로 던져 버리고 나한테 일을 시키겠지! 아마 아무도 못 말릴걸!"

머들러가 희망 섞인 목소리로 속삭였다.

"그로크가 돌아올지도 몰라. 아니면 헤물렌 아주머니를 잡아먹을 만큼 착한 누가 또 오든가. 미안해! 내가 너무 끔찍한 말을 했나?"

호지스가 말했다.

"응."

잠시 뒤, 호지스가 심각하게 덧붙였다.

"맞는 말이긴 해."

우리는 침묵에 잠긴 채 스스로를 달랬다.

끝내 내가 소리쳤다.

"내가 지금 다 큰 다음이면 좋았을걸! 다 컸고 유명해졌더라면! 그러면 헤물렌 아주머니 정도는 어떻게 해 볼 수 있었을 텐데!"

머들러가 물었다.

"어떻게 하면 유명해지는데?"

내가 대답했다.

"아, 그거야 쉽지. 지금껏 아무도 생각한 적 없는 일을 하면 돼……. 아니면 전에도 했던 일을 새로운 방식으로 하거나……."

요스터가 물었다.

"예를 들면 어떤 일?"

호지스가 작은 눈을 반짝이며 중얼거렸다.

"하늘을 나는 강배 같은 거."

요스터가 설명했다.

"유명해지고 나면 재미없지 않을까. 처음에는 재미있을

지 모르지만, 좀 더 지나면 그마저도 평범하게 느껴질 테고, 끝내는 속이 뒤집히겠지. 회전목마를 탈 때처럼."

내가 물었다.

"회전목마가 뭐야?"

호지스가 열심히 설명했다.

"기계야. 톱니바퀴가 이런 식으로 작동해. 단면은 이렇게 생겼고."

그러더니 호지스는 종이와 펜을 꺼냈다.

나는 호지스가 기계에 몰두하는 모습을 볼 때마다 놀랐다. 기계는 호지스를 사로잡았다. 그러나 나는 기계가 두렵기까지 하다. 물레방아는 흥미롭고 이해하기도 쉽지만, 지퍼 정도만 생각해도 벌써 기계 세상과 가까워지는 느낌이 들고 의구심이 생긴다. 요스터는 지퍼 달린 바지를 입은 이를 안다는데, 지퍼가 끼는 바람에 두 번 다시 열지 못했다고 한다. 끔찍한 일이다!

내가 지퍼를 어떻게 생각하는지 이야기하려고 할 때, 우리 모두 괴이쩍은 소리를 들었다.

쇠 나팔에서 나는 듯이 둔탁하고 꽉 막힌 소리였다. 게다가 위협적으로 들렸다.

호지스가 차양 밖을 내다보더니 무시무시한 말 한마디를 내뱉었다.

"니블링들이야!"

이쯤에서 몇 마디 설명을 덧붙여야겠다. (물론 논리적인 독자들이라면 중요한 사항은 모두 짐작하겠지만.) 우리가 차양 아래에서 쉬는 사이, 바다 관현악단은 니블링들로 우글거리는 삼각주로 천천히 떠내려갔다. 니블링은 외로움을 싫어하는 사교적인 생명체다. 송곳니로 강바닥에 굴을 파서 아주 쾌적한 마을을 만든다. 니블링의 몸에는 관족*이 달려 있고, 지나간 자리에는 끈적끈적한 흔적이 남기 때문에 혹자는 니글링이나 닝글링으로 잘못 부르기도 한다.

니블링은 대부분 착하지만 마주치는 모든 것, 특히 전에 본 적 없는 새로운 것을 보면 갉아 대고 물어뜯지 않고는 못 배긴다. 게다가 몹쓸 습성도 한 가지 있다. 상대방의 코가 너무 크다는 생각이 들면 물어뜯는다는 점이다. 우리는 (이와 같은 분명한 이유 때문에) 어떻게 될지 몰라 걱정스러웠다.

호지스가 머들러에게 소리쳤다.

"통 속에 들어가 있어!"

바다 관현악단은 니블링밭에서 꼼짝 못 하고 떠 있었다. 니블링들은 동그랗고 파란 눈으로 우리를 꼼꼼히 뜯어보

---

* **관족**_ 해삼, 성게, 불가사리 등 극피동물의 몸에 나 있는 가느다란 관. 미세한 털로 둘러싸여 있으며, 관 끝에는 빨판이 달려 있다.—옮긴이

며 구레나룻을 흔들고 물을 첨벙거리며 을러댔다.

호지스가 말했다.

"제발 좀 비켜 줘."

그러나 니블링들은 강배 주위를 더 빽빽이 둘러쌌고, 몇몇이 관족으로 배 옆구리를 타고 오르기 시작했다. 그중 하나가 난간 위로 고개를 막 내밀었을 때, 헤물렌 아주머니가 조타실 뒤에서 나왔다.

헤물렌 아주머니가 소리쳤다.

"이번에는 또 뭐야? 저 녀석들은 뭐지? 저것들이 배에 올라와서 우리의 교육적인 놀이를 방해하는 꼴은 못 봐!"

호지스가 말했다.

"니블링들을 겁주지 마세요. 화낼지도 몰라요."

헤물렌 아주머니가 소리를 질렀다.

"화는 내가 났어! 가! 가! 저리 가라고!"

그러더니 가장 가까이 있는 니블링의 머리를 우산으로 때리기 시작했다.

니블링들이 모두 곧바로 눈을 돌려 헤물렌 아주머니의 코를 살펴보았다. 꽤 오랫동안 살펴본 니블링들이 다시 빵 하고 낮은 쇠 나팔 소리를 냈다. 그다음에는 모든 일이 순식간에 일어났다.

니블링 수천 마리가 난간을 넘어 밀려들었다. 우리는 니

블링들의 등으로 만들어진 살아 있는 카펫이 몸의 중심을 잃고 쓰러진 채 우산을 마구잡이로 휘두르는 헤물렌 아주머니를 싣고 가는 광경을 지켜보았다. 헤물렌 아주머니는 소리를 지르며 빙글 돌아 난간 너머로 끌려갔고, 니블링들도 헤물렌 아주머니도 모두 미지의 운명을 향해 사라져 버렸다.

주위가 다시 고요하고 평온해졌고, 바다 관현악단은 아무 일도 없었던 것처럼 첨벙거리며 앞으로 나아갔다.

요스터가 말했다.

"이봐, 이번에는 구하러 안 가?"

나의 기사도 정신은 당장 물에 뛰어들어 헤물렌 아주머니를 도우라고 했지만, 나의 못되고 자연스러운 본능은 소용없는 일이라고 속삭였다. 나는 이미 늦었다며 얼버무렸다. 정말 그렇기도 했다.

호지스가 웅얼거렸다.

"아."

요스터가 말했다.

"가 버렸네."

내가 말했다.

"안타까운 일이야."

머들러가 진지하게 물었다.

"미안해! 나 때문일까? 내가 헤물렌 아주머니를 잡아먹을 만큼 착한 누가 왔으면 좋겠다고 했었잖아. 헤물렌 아주머니한테 벌어진 일을 안타까워하지 않으면 못된 거야?"

아무도 대답하지 않았다.

사랑하는 독자들이여, 그대들에게 묻겠다. 여러분이라면 이 곤란한 상황에서 어떻게 했겠는가?

나는 이미 헤물렌 아주머니를 한 번 구했고, 니블링은 착한 편이지만 그로크는 정말 나쁘고……. 헤물렌 아주머니에게 이번 일은 작은 변화일 뿐인지도 모른다. 게다가 헤물렌 아주머니 얼굴에는 짧은 코가 더 잘 어울리지 않을까? 여러분 또한 그렇게 생각하지 않나?

어쨌든 햇볕은 쨍쨍하게 내리쬐었고 우리는 (니블링의 관족 때문에 끈적끈적해진) 갑판을 닦은 다음, 진하고 맛있는 블랙커피를 엄청나게 들이켰다. 바다 관현악단은 작은 섬 수백 개를 스쳐 지나가고 또 스쳐 지나갔다.

내가 말했다.

"섬이 끝이 없네. 이제 우리는 어디로 가지?"

"어딘가로 가겠지……. 아니면 아무 데도 가지 않든지."

요스터가 이렇게 말하며 파이프를 채웠다.

"그래서 뭐? 지금 이대로도 좋잖아?"

이대로도 좋다. 그 생각이 틀렸다고 말할 수는 없었지만, 나는 앞으로 나아가고 싶었다! 무엇인가 새로운 일이 일어나기를 바랐다. 어떤 일이든 일어나기만을! (물론 헤물렌들이 나타나는 일은 빼고.)

나는 내가 가지 않은 어딘가에서 커다란 모험이, 두 번 다시 일어나지 않을 엄청나고 파란만장한 모험이 잇따라 일어나고 있다는 끔찍한 생각이 들었다. 나는 안달이 났다. 끔찍할 만큼! 뱃머리로 가서 초조하게 미래를 내다보는 동시에 지금까지 쌓은 경험을 떠올려 보았다. 다음과 같이 일곱 가지였다.

1. 무민은 천문학적으로 알맞은 시점에 아이를 낳도록 신경 써야 하고, 낭만적으로 세상에 나와야 한다.

   (긍정적인 예 : 나의 재능. 부정적인 예 : 갈색 종이봉투.)

2. 바쁠 때는 아무도 헤물렌 이야기를 듣고 싶어 하지 않는다.
(긍정적인 예 : 호지스. 부정적인 예 : 고슴도치.)

3. 그물에 무엇이 걸릴지는 아무도 모른다.
(긍정적인 예 : 호지스의 나침함.)

4. 페인트가 남았다고 해서 아무 물건이나 칠해서는 안 된다.
(부정적인 예 : 머들러의 통.)

5. 크다고 해서 반드시 위험하지는 않다.
(긍정적인 예 : 부블 에드워드.)

6. 작아도 아주 용감할 수 있다.
(긍정적인 예 : 나.)

7. 어둠 속에서 누군가를 구조하면 안 된다.
(부정적인 예 : 헤물렌 아주머니.)

이처럼 중요한 진실을 떠올리는 동안 강배가 자그마한

섬을 마지막으로 지나쳤고, 그 순간 갑자기 심장이 철렁 내려앉아 내가 소리쳤다.

"호지스! 저 앞에 바다가 보여!"

드디어 무슨 일이 일어나기 시작했다. 내 눈앞에 모험으로 가득 찬 푸른 바다가 반짝이고 있었다.

머들러가 통 속으로 기어 들어가며 말했다.

"너무 크잖아. 미안한데, 나 눈도 아프고 뭘 생각해야 좋을지도 모르겠어!"

그러나 요스터가 소리쳤다.

"정말 푸르고 잔잔한데! 그냥 앞으로 나아가면서 흔들흔들 잠이나 자고 아무 데도 도착하지 않았으면……."

호지스가 말했다.

"해티패티처럼 말이지."

내가 물었다.

"뭐?"

호지스가 다시 말했다.

"해티패티. 그저 앞으로 나아가기만 하고…… 결코 평안을 얻지 못하는 녀석들이지."

요스터가 흡족하게 말했다.

"그게 바로 다른 점이지. 나는 평온함 그 자체니까! 잠자는 것도 좋아하고. 해티패티들은 잠자는 법도 없고, 잠

잘 줄도 모르지. 말할 줄도 모르고, 그저 수평선까지 가려고만 하잖아."

나는 몸서리를 치며 물었다.

"해티패티들이 성공한 적이 있어?"

요스터가 어깨를 으쓱하며 말했다.

"모를 일이지."

우리는 암석 해안에 닻을 내렸다. 요즘도 혼자 "우리는 암석 해안에 닻을 내렸다."라고 속삭이면 은근한 긴장감이 등골을 타고 흐른다.

나는 난생처음으로 붉은 바위와 심장이 꽃 모양인 투명한 해파리가 작은 풍선 같은 희한한 모양새로 숨 쉬는 모습을 보았다.

우리는 조개껍질을 주우러 육지로 내려갔다.

호지스는 바닥이 닻을 내리기에 적당한지 알아보러 내려간다고 주장했지만, 내심 조개껍질에 관심이 있는 눈치였다. 우리가 바위 틈새에서 비바람이 들이치지 않는 좁은 모래밭을 발견하고, 머들러가 작은 돌멩이 하나하나가 모두 공이나 달걀처럼 매끈하고 둥글다는 사실을 확인했을 때 얼마나 기뻤을지 상상해 보라. 수집가가 느낄 수 있는 가장 큰 행복에 휩싸인 머들러는 냄비를 가져다 돌멩이를 주워 담고 또 주워 담았다. 초록빛 맑은 물속 모래에는 파도가 갈퀴질해 만든 예쁜 물결무늬가 촘촘히 나 있었고, 햇볕을 받은 바위는 따뜻했다. 바람은 쉬고 있었고, 바다는 너무 밝고 투명한 나머지 수평선조차 보이지 않았다.

  그때 세상은 무척 컸고, 작은 것은 지금보다 훨씬 섬세하게 작아서 나에게 훨씬 잘 어울렸다. 여러분이 이 말을 이해할지는 모르겠지만.

  지금 막 중요한 생각이 떠올랐다. 바다를 친숙하게 느끼는 감정은 무민다운 기질이 틀림없으며, 내 아들 무민 또한 이 기질을 빼닮아 흡족하다.

  그러나 사랑하는 독자들이여, 우리가 특히 바닷가에 더 마음이 끌린다는 점을 유념하길 바란다.

  무민들은 너른 바다에 펼쳐진 수평선을 단조롭고 멀게만 느낀다. 우리는 변화무쌍하고 예측할 수 없으며 낯선 데 친숙하다. 육지와 물이 같이 있는 바닷가, 어둠과 빛이 같이 있는 노을 그리고 추위와 더위가 같이 있는 봄처럼.

  다시 어둠이 찾아왔다. 어둠은 빛이 쉬러 갈 시간을 충분히 주느라 아주 천천히 그리고 조심스럽게 자리를 차지해 갔다. 서쪽 하늘에 불그스름한 생크림 덩어리가 던져진 듯 떠 있는 작은 구름이 바다에 비쳤다. 바다는 빛나는 거울 같았고, 전혀 위험해 보이지 않았다.

내가 호지스에게 물었다.

"구름을 가까이에서 본 적 있어?"

호지스가 대답했다.

"응. 책에서."

요스터가 말했다.

"구름은 거품을 낸 달걀흰자 같아."

우리는 바위에 나란히 걸터앉았다. 해초 냄새가 기분 좋게 풍겨왔고, 아마도 바다 냄새일 다른 어떤 향도 났다. 나는 너무 행복한 나머지 이 행복이 사라진다 해도 전혀 두렵지 않았다.

내가 물었다.

"기분 좋지 않아?"

"좋은 것 같아."

호지스는 이렇게 중얼거리더니 쑥스러운 듯 눈을 돌렸다. (그래서 나는 호지스가 엄청 기분 좋다는 사실을 알았다.)

바로 그때, 작은 배 한 무리가 먼 바다로 나서는 광경이 우리 눈에 들어왔다. 작은 배들은 물에 비친 자기 모습 위로 나비처럼 가볍게 미끄러져 가고 있었다. 배마다 다닥다닥 붙어 앉아 바다를 바라보는 조용하고 작은 회백색 길동무들이 가득 차 있었다.

호지스가 말했다.

"해티패티들이야. 전기로 항해해."

나는 충격을 받아 속삭였다.

"해티패티들이라니. 그저 앞으로 나아가기만 하고 결코 도착하지 못하는……."

호지스가 말했다.

"해티패티들은 천둥으로 충전해. 쐐기풀처럼 따끔거리지."

요스터가 덧붙였다.

"그리고 허송세월하지."

내가 관심이 생겨 물었다.

"허송세월한다고? 어떻게?"

요스터가 말했다.

"글쎄. 남의 텃밭을 짓밟고 맥주나 마실지도 모르지."

우리는 오랫동안 가만히 앉아 수평선을 향해 항해하는 해티패티들을 바라보았다. 나는 해티패티들과 함께 신비로운 여행을 하며 허송세월하고 싶다는 이상한 마음이 들었다. 그러나 아무 말도 하지 않았다.

갑자기 요스터가 물었다.

"그럼 내일 어때? 우리도 바다로 나가 봐야지?"

호지스가 생각에 잠겨 바다 관현악단을 돌아보며 말했다.

"바다 관현악단은 강배야. 외륜으로 움직여. 돛이 아니라……."

요스터가 벌떡 일어나 말했다.

"앞인지 뒤인지 던져 보자. 머들러, 단추 좀 줘."

바닷가 물속에 있던 머들러가 쏜살같이 튀어나오더니 주머니 속 물건을 바위 위에 모조리 꺼내 놓았다.

호지스가 말했다.

"머들러, 단추는 하나면 충분해."

머들러는 신이 나서 소리쳤다.

"여기 있어! 구멍 두 개짜리로 줄까, 아니면 네 개짜리로 줄까? 뼈, 플러시 천, 나무, 유리, 금속, 아니면 진주? 단색, 알록달록한 색, 물방울무늬, 줄무늬, 아니면 격자무늬? 동그란 단추, 오목한 단추, 볼록한 단추, 평평한 단추, 팔각형 단추, 아니면……."

요스터가 말했다.

"평범한 바지 단추로 줘. 이제 던진다. 앞면이 위로 향하면 바다로 떠나는 거야. 뭐가 나왔어?"

"구멍이 위로 나왔어."

머들러가 이렇게 대답하더니 어둠 속에서 똑똑히 보려고 코가 단추에 닿을 만큼 얼굴을 들이밀었다.

내가 말했다.

"자, 어느 쪽이야?"

그와 동시에 머들러의 콧수염이 떨렸고, 단추가 바위틈

으로 빠져 버렸다.

머들러가 소리쳤다.

"미안해! 어떡하지! 새 단추를 줄까?"

요스터가 말했다.

"아니, 됐어. 앞인지 뒤인지는 한 번만 던져 보면 돼. 이제 운명에 맡겨. 졸리니까."

우리는 배에서 꽤 불편한 밤을 보냈다. 침대에 손을 대 보니 시럽이 묻은 것처럼 끈적거렸다. 문손잡이도 끈적거렸고, 칫솔과 실내화는 훨씬 더 끈적거렸고, 호지스의 항해 일지는 펼쳐지지도 않았다!

호지스가 말했다.

"머들러, 오늘 청소를 어떻게 했는데 이래?!"

머들러가 겸연쩍게 말했다.

"미안해. 오늘 청소를 못 했어!"

침대에서 담배를 피우기 좋아하는 요스터가 중얼거렸다.

"담배가 너무 끈적끈적해."

정말이지 막막했다. 그렇지만 우리는 겨우 마음을 가라앉히고 그나마 덜 끈적거리는 자리를 찾아 몸을 웅크렸다. 그러나 나침함에서 새어나오는 이상한 소리가 밤새도록 우리를 괴롭혔다. 나는 배에 달린 종이 여느 때와 달리 운명적으로 딸랑거리는 소리에 잠에서 깼다.

문 밖에서 머들러가 소리를 질렀다.

"이쪽으로 와 봐! 와서 좀 보라고! 온통 물밖에 없어! 넓고 아무도 없다고! 바닷가에 내 가장 예쁜 펜 훔치개를 두고 왔는데! 바닷가에 동그마니 놓여 있겠지……."

우리는 갑판으로 뛰어갔다.

바다 관현악단은 외륜을 첨벙거리며 차분하고도 결연하게 그리고 내가 느끼기에는 남모르는 쾌감에 젖어 바다를 나아가고 있었다.

나는 지금도 여전히 삐딱한 톱니바퀴 두 개가 흐르는 강도 아닌 바다에서 어떻게 작동해서 배를 움직였는지 도무지 이해할 수 없고 신비롭기까지 하다. 그러나 관점을 바꾸어 보자. 해티패티가 자신의 전기로 (혹자는 그리움 또는 불안이라고 말하지만) 나아갈 수 있다면, 배가 톱니바퀴 두 개로 바다를 헤쳐 나간다 해도 놀랄 일은 아니다. 자, 이 주제는 이쯤에서 접어 두고 이마를 잔뜩 찌푸린 채 끊어진 닻줄을 살피는 호지스 이야기로 넘어가겠다.

호지스가 말했다.

"화가 치밀어 올라. 엄청나게 화난다고. 이렇게 화났던 적이 없어. 누가 닻줄을 갉아서 끊어졌잖아!"

우리는 서로를 돌아보았다.

내가 말했다.

"알고 있겠지만, 내 이는 엄청 작아."

요스터는 정곡을 찔렀다.

"난 저렇게 두꺼운 줄을 갉기에는 너무 게을러."

"나는 아니야!"

아무 이유도 대지 않고 머들러는 이렇게만 소리쳤다. 그래도 모두 그 말을 믿었는데, 어느 때건, 심지어 단추 수집을 얼마나 했는지 이야기할 때조차도 머들러는 거짓말을 한 적이 없기 때문이다. (진정한 수집가에게 아주 의미 있는 기질이다.) 머들러는 상상력이 부족하지 않나 싶다.

바로 그때, 우리는 작은 기침 소리를 듣고 돌아섰고, 차양 아래에서 눈살을 찌푸린 채 앉아 있는 꼬마 니블링을 보았다.

호지스가 말했다.

"아, 그랬군."

호지스가 강조하며 한 번 더 말했다.

"아, 그랬군!?"

꼬마 니블링이 수줍게 설명했다.

"새 이가 나고 있거든. 그래서 뭐든 막 물어뜯을 수밖에 없었어!"

호지스가 물었다.

"그런데 왜 하필 닻줄이야?"

꼬마 니블링이 대답했다.
"낡아빠져서 물어뜯어도 아무 일 없을 줄 알았지."
요스터가 물었다.
"그럼 왜 여기 숨었어?"
꼬마 니블링이 천진한 목소리로 말했다.
"잘 모르겠어. 가끔 그래."
요스터가 물었다.
"어디에 숨었는데?"
꼬마 니블링이 천연덕스럽게 대답했다.
"저기 있는 훌륭한 스티브도링 나침함에."
(틀림없었다. 나침함도 끈적거렸다.)
나는 이 놀라운 대화를 마무리했다.
"니블링, 잘 들어. 네가 없어진 걸 알면 너희 엄마가 어쩌실지 생각해 봤어?"
꼬마 니블링이 말했다.
"펑펑 우시겠지."

제11장

*이 장에서는 바다를 건너는 우리의 항해 이야기가
거대한 폭풍을 묘사하며 절정에 달하고
아주 끔찍한 순간에 끝맺는다*

바다 관현악단의 외로운 길은 곧장 바다로 이어졌다. 화창하고 나른하고 출렁거리는 푸르른 하루하루가 우리를 지나쳐 갔다. 뱃머리 앞에서는 바다 유령 무리가 첨벙거렸고, 우리를 뒤쫓는 인어들은 킥킥거리며 귀리 알을 던져 주었다. 나는 바다 위로 밤이 찾아들었을 때 가끔 호지스를 키에서 해방시켜 주는 시간을 즐겼다. 내 앞에서 달빛에 반짝이며 오르내리는 갑판, 고요, 방랑하는 파도와 구름, 장중하게 둘러쳐진 수평선까지 이 모든 풍경 때문에 편안하고도 불안해졌는데, 내가 엄청나게 중요하게도, 엄청나게 보잘것없게도 느껴졌기 때문이다. (그래도 주로 중요하게 느껴졌다.)

가끔 어둠 속에서 요스터의 파이프가 붉게 빛날 때가 있었고, 요스터는 살금살금 다가와 내 옆에 앉곤 했다.

어느 날 밤, 요스터가 파이프를 난간에 두드려 털어내면서 말했다.

"아무것도 하지 않아도 재미있다는 거, 그냥 인정해."

내가 말했다.

"하지만 우리는 뭔가 하고 있잖아. 나는 배를 몰고, 너는 담배를 피우고."

요스터가 말했다.

"목적지도 없잖아."

그때 이미 논리적으로 사고하는 성향이 드러난 내가 콕 집어 말했다.

"그건 다른 문제야. 우리는 지금 뭔가 하고 있는지 이야기하지, 어떤 일을 하는지 이야기하지는 않잖아."

불안해진 내가 덧붙였다.

"또 무슨 감이 와?"

요스터가 하품하며 말했다.

"아니, 후암. 우리가 어디로 가든 나는 전혀 신경 안 써. 어디든 좋아. 그럼 좋은 시간 보내."

내가 말했다.

"잘 자."

새벽녘에 호지스가 키를 잡으러 돌아왔을 때, 나는 지나가는 말로 요스터가 주위에 전혀 관심이 없어 놀랐다고 했다.

호지스가 말했다.

"흠, 오히려 그 반대로 요스터는 관심 없는 게 없을 걸? 차분하고도 적당히 말이야. 오히려 우리 관심사가 한 가지뿐이지. 너는 무언가가 되고 싶고, 나는 무언가를 하고 싶어. 머들러는 무언가를 갖고 싶고. 그렇지만 요스터는 그냥 살지."

내가 말했다.

"아, 산다! 그건 누구나 할 수 있잖아."

호지스가 말했다.

"흠."

그러고는 여느 때처럼 침묵에 잠겨들어 공책에 거미줄과 박쥐처럼 보이는 희한한 기계 도면을 그리는 데 몰두했다.

그냥 산다니, 아무튼 나는 요스터가 게을러 보였다. 어쨌든 사는 거잖아? 내가 보기에 문제는 중요하고 의미 있는 일이 끊이지 않아서, 끝없이 경험하고 고민하고 정복해야 하고, 가능성이 무궁무진해서 생각하려고 들면 뒷목의 털이 곤두설 정도라는 점이다. 그리고 이 모든 일의 중심에 내가 있고, 당연히 내가 가장 중요하다.

요즘은 전처럼 가능성이 많지 않아 걱정이다. 무엇 때문인지 의문이다. 어쨌든 나는 여전히 중심에 있고, 그래서 위로가 된다.

그건 그렇고, 오늘 아침에 머들러가 꼬마 니블링의 엄마에게 전보를 보내자고 했다.

호지스가 말했다.

"주소가 없잖아. 전신국도 없고."

머들러가 소리쳤다.

"그렇구나. 아, 내가 너무 바보 같았어! 미안해!"

그러고는 창피해하며 통 속으로 다시 기어 들어갔다.

머들러와 통에서 함께 지내는 꼬마 니블링이 물었다.

"전신국이 뭐야? 먹는 거야?"

머들러가 말했다.

"나한테 물어보지 마. 뭔가 커다랗고 이상한 거야. 그걸로 작은 신호를 지구 반대편으로 보내……. 신호를 단어로 바꾸기도 하고!"

꼬마 니블링이 물었다.

"어떻게 보내는데?"

머들러가 손을 내저으며 두루뭉술하게 설명했다.

"공기를 통해서 보내! 가다가 하나도 사라지지 않고."

꼬마 니블링이 감탄했다.

"오호."

그러고는 전보 신호가 어디 있나 하루 종일 두리번거렸다.

세 시쯤 꼬마 니블링은 커다란 구름을 보았다. 분필처럼 새하얗고 솜털 같은 구름이 아주 낮게 떠서 다가왔는데, 전혀 자연스러워 보이지 않았다.

호지스가 말했다.

"그림책 구름이군."

내가 놀라서 물었다.

"그림책을 본 적이 있어?"

호지스가 대답했다.

"물론이지. 『대양 횡단 여행』이라는 제목이었어."

구름은 불어오는 바람을 타고 미끄러지듯 우리를 지나쳤다. 구름이 멈추었다.

그리고 갑자기 이상하다 못해 끔찍한 일이 일어났다. 구름이 휙 돌더니 우리를 따라오기 시작했다!

두렵고 불안해진 머들러가 물었다.

"미안한데, 구름은 친절해?"

아무도 어떻게 대답해야 할지 몰랐다. 이제 구름은 속력을 내서 우리 뒤를 쫓아왔고, 난간 위로 밀려들더니 머들러의 통을 완전히 뒤덮으며 갑판에 쿵하고 떨어졌다. 그러더니 더 편안한 자세를 잡으려는 듯 이쪽 난간부터 저쪽 난간까지 닿을 만큼 넓고 낮게 퍼졌다. 그리고 내 꼬리를 걸고 맹세하는데, 다음 순간 그 이상한 구름이 우리 눈앞에서 그냥 잠들어 버렸다!

내가 호지스에게 물었다.

"전에도 이런 적이 있었어?"

호지스가 아주 못마땅하다는 듯 딱 잘라 말했다.

"처음이야."

꼬마 니블링이 구름 가까이 다가가서 한입 물어 보더니 집에 있는 엄마의 지우개 맛 같다고 설명했다.

요스터가 말했다.

"어쨌든 부드럽긴 해."

요스터는 구름에 잠들기 적당한 구덩이를 만들었고, 구

름은 포근한 오리털 이불처럼 요스터를 감싸 주었다. 구름이 우리를 좋아하는 것 같았다.

그러나 이 이상한 사건 때문에 항해가 꼬이고 말았다.

같은 날, 해넘이 바로 전부터 하늘이 이상해지기 시작했다. 노란빛이기는 했지만 낯익지 않았고, 지저분해 보였으며, 유령 같았다. 눈썹을 잔뜩 찌푸린 시커먼 구름이 수평선에서 위협적으로 행진했다.

우리는 차양 밑에 앉아 있었다. 머들러와 꼬마 니블링은 구름에 파묻힌 통을 끝끝내 파내어 구름이 없는 뒤쪽 갑판으로 굴리는 데 성공했다.

잿빛으로 얼룩진 둥근 태양 밑에서 바다가 물결쳤고, 바람은 밧줄을 스치며 무섭게 노래 불렀다. 바다 유령과 인어는 사라져 버렸다. 우리는 불안해졌다.

호지스가 나를 보며 말했다.

"저기, 기압계 좀 확인해 줘."

나는 우리 구름 위를 허둥지둥 기어가서 조타실 문을 열었다. 기압계가 보여 줄 수 있는 가장 낮은 수치인 670을 보고 내가 얼마나 놀랐을지 상상이 되는가!

긴장해서 코가 뻣뻣해지고 얼굴이 하얗게 질리는 느낌이었다……. 종잇장처럼 새하얗거나, 아니면 잿빛이거나.

얼마나 흥미로웠는지 모른다. 나는 서둘러 돌아가서 소리쳤다.

"내가 종잇장처럼 새하얘 보여?"

요스터가 말했다.

"내가 보기엔 평소랑 똑같은데. 몇이었어?"

당연하게도 나는 조금 서운해져서 대답했다.

"670."

일상적이고 솔직히 하찮기까지 한 지적이 극적이고 인상적인 삶의 정점을 어쩌면 그렇게 자주 망쳐 놓는지 놀라울 정도다. 악의가 없더라도 그런 지적은 너무 경솔하다. 나는 끔찍한 상황도 최대한 활용해야 한다고 생각한다. 앞서 말했던 지방색 때문이기도 하지만, 한편으로 공포는 원인을 과장하면 줄어들기 때문이다. 뿐만 아니라 남들을 감명받게 하는 일은 재미도 있다. 물론 요스터 같은 이는 이런 생각을 이해하지 못한다. 그러나 이해력은 누구에게나 똑같이 주어지지 않았고, 요스터가 제대로 이해하지 못한다 해도 어쩔 수 없다.

그런데 호지스가 귀를 흔들고 쿵쿵대며 바람 냄새를 맡았다. 호지스는 바다 관현악단을 애정 어린 눈길로 바라보고는 말했다.

"배는 튼튼하게 지었어. 괜찮을 거야. 머들러랑 꼬마 니블링은 통 속에 들어가서 뚜껑 닫고 있어. 곧 폭풍이 불 테니까."

내가 조심스럽게 물었다.

"전에도 폭풍을 만난 적 있어?"

호지스가 대답했다.

"그럼.『대양 횡단 여행』그림책으로. 그보다 더 큰 파도는 없어."

바로 그때, 폭풍이 진짜 폭풍처럼 갑자기 덮쳤다. 처음에 바다 관현악단은 너무 놀라 균형을 잃을 뻔했지만, 이윽고 이 훌륭한 강배는 위기에 잘 대처해 격분한 자연을 뚫고 최선을 다해 첨벙거리며 앞으로 나아갔다.

차양이 찢어져 나뭇잎처럼 펄럭거리며 바다 위로 날아가 버렸다. (훌륭한 차양이었다. 그 차양을 찾았을 누군가가 기뻐했길 바란다.) 머들러의 통은 난간 아래에서 데굴데굴 굴

러다녔고, 바다 관현악단이 파도 아래로 고꾸라졌다가 비틀거리며 파도 위로 솟구칠 때마다 단추며 양말, 깡통따개, 못, 유리 진주 같은 물건들이 몽땅 덜그럭덜그럭 아주 엄청난 소리를 냈다. 머들러는 멀미가 난다고 소리쳤지만, 아무도 어떻게 해 줄 수가 없었다. 우리는 잔뜩 겁을 집어먹고 손에 잡히는 뭐든 부여잡은 채 어두워져 가는 바다를 바라보기만 했다.

태양이 사라졌다. 수평선도 사라졌다. 모든 게 달라졌고, 낯설었으며, 적대적이었다. 거품을 머리에 인 파도는 우리를 지나칠 때마다 물보라를 내던졌고, 난간 밖은 시커멨고 걷잡을 수 없는 혼돈으로 가득 차 있었다. 별안간 내가 바다와 배를 전혀 모른다는 사실을 깨달았다. 나는 악을 쓰며 호지스를 불렀지만, 호지스는 내 목소리를 듣지 못했고, 이 논란의 여지없는 극적인 상황의 정점에서 나는 혼자 버려져 아무 도움도 받지 못했다. 공포의 원인을 과장할 마음조차 나지 않았고, 오히려 그 반대였다. 사랑하는 독자들이여! 혹시 누가 볼 때만 끔찍한 상황을 최대한 활용해야 하는가? 나는 얼른 거꾸로 생각하기로 했다. 눈을 감고 나는 보잘것없고, 아무도 내 존재를 기억하지 못한다고 생각하면 이 모든 상황이 지나갈지도 모른다……. 사실 나는 이 상황과 아무런 상관이 없다! 나는 실수로 함께하게 되었을 뿐이다……. 그러면서 나는 눈을 감고 잔뜩 웅크린 채 되뇌었다.

"아무 일도 없어. 나는 꼬맹이야. 나는 헤물렌의 정원 그네에 앉아 있고, 곧 귀리죽을 먹으러 가겠지……."

호지스가 폭풍을 뚫고 고함쳤다.

"내 말 좀 들어 봐! 파도가 낮아!"

나는 호지스의 말을 이해하지 못했다.

호지스가 소리쳤다.

"더 낮다고! 그림책에 나온 파도보다 훨씬 낮다고!"

그러나 나는 호지스의 그림책에 나온 파도를 본 적이 없었기 때문에 계속해서 헤물렌의 정원에 있는 그네만 떠올렸다. 도움이 됐다. 얼마 뒤, 정말 그네가 앞뒤로 가만가만 흔들리는 느낌이 들었고, 폭풍 소리는 사라졌고, 더는 아무것도 위험하지 않았다.

눈을 떴을 때, 나는 믿을 수 없는 광경과 마주했다. 바다 관현악단이 커다랗고 새하얀 돛의 힘으로 공중에 높이 뜬 채 흔들리며 나아가고 있었다. 우리 발밑 저 아래에서 폭풍은 계속되었고, 시커먼 바다가 마구 휘돌았다. 그러나 이제 우리와는 아무 상관도 없는 작은 장난감 폭풍처럼 보였다.

호지스가 소리쳤다.

"우리가 날고 있어! 우리가 날고 있다고!"

호지스는 내가 서 있는 난간 옆으로 와서 돛대에 매달린 커다랗고 하얀 풍선을 쳐다보았다.

내가 물었다.

"구름을 어떻게 올렸어?"

호지스가 대답했다.

"구름이 알아서 매달렸어. 하늘을 나는 강배라니……!"

그러더니 생각에 잠겼다.

날이 천천히 밝아 왔다. 하늘은 잿빛으로 변했고, 무척 추웠다. 헤뮬렌의 정원 그네로 숨으려던 생각을 조금씩 지웠다. 내가 자신감과 호기심을 되찾자, 커피가 그리워지기 시작했다. 정말이지 엄청나게 추웠다. 나는 조심스럽게 팔다리를 흔들어 보고, 꼬리와 귀를 살펴보았다. 폭풍에도 끄떡없었다.

요스터도 아무 탈 없었고, 머들러의 통 뒤에 앉아 파이프에 불을 붙이려 용쓰고 있었다.

그러나 바다 관현악단은 처참했다. 돛대는 부러졌다. 외륜은 사라졌다. 끊어진 당김줄은 애처롭게 휘날렸고, 난간은 여기저기 휘었다. 갑판은 해초와 부서진 잔해, 기절한 바다 유령으로 가득했다. 가장 나쁜 일은 조타실 지붕에 달았던 금박 입힌 꼭지가 사라졌다는 점이었다.

우리 구름은 천천히 작아졌고, 강배는 파도를 향해 내려갔다. 하늘이 동쪽부터 불그스름해지기 시작할 즈음 우리는 다시 폭풍의 긴 너울에 흔들렸고, 머들러의 통 속에서 단추가 덜그럭거렸다. 하얀 그림책 구름은 다시 난간 사이에서 잠들었다.

호지스가 엄숙하게 말했다.

"사랑하는 선원들, 우리가 폭풍을 이겨 냈다. 머들러를 통에서 풀어 주도록."

우리가 뚜껑을 돌려 통을 열자, 얼굴이 퍼렇게 질린 머들러가 밖으로 나왔다.

머들러가 맥없는 목소리로 말했다.

"아, 이놈의 단추. 내가 뭘 어쨌다고 이렇게 기분 나쁜 일을 당해야 해? 아, 이놈의 삶, 이 걱정, 이 고생……. 내 수집품 좀 봐! 제기랄! 아이고, 내 팔자야!"

꼬마 니블링도 밖으로 나와 킁킁거리며 바람 냄새를 맡고 훌쩍거렸다. 그러고는 말했다.

"배고파."

머들러가 소리쳤다.

"미안한데, 음식 준비는 생각만 해도……."

내가 말했다.

"진정해. 커피는 내가 끓일게."

뱃머리 쪽으로 가면서 나는 부서진 난간 너머로 바다를 힐끗거리며 용감하게 생각했다.

'이제 나도 널 꽤 알아! 배도! 구름도! 다음번에는 눈도 감지 않고, 작은 척하지도 않겠어!'

커피 준비가 다 되었을 때, 태양이 세상 위로 떠올랐다. 부드럽고 친근한 햇빛에 내 차디찬 배 속이 따뜻해졌고 기분도 좋아졌다. 나는 역사적인 탈출 뒤 첫 자유의 날에 태양이 어떻게 떴는지 그리고 모래에 집을 지은 그날 햇빛이 어떻게 비쳤는지 떠올렸다. 나는 8월에 사자자리와 태양의 자랑스러운 기질을 타고났고, 내 별자리가 인도하는 대로 모험 가득한 길을 따라갈 운명이다.

폭풍, 아아! 폭풍의 의미는 잠잠해진 다음 해돋이를 보는 데 있으리라. 조타실은 금박을 입힌 새로운 꼭지를 달게 될 것이다. 나는 커피를 마셨고, 만족스러워졌다.

이제 한 장은 끝났고, 내 삶에서 새로운 장이 시작되고 있었다. 저 멀리 바다 한가운데에 크고 외로운 섬이, 육지가 보였다! 낯선 바닷가의 위풍당당한 윤곽이!

내가 물구나무를 서며 소리쳤다.

"호지스! 또 무슨 일이 일어나겠어!"

멀미가 가신 머들러는 통을 배에서 내릴 준비를 시작했

다. 꼬마 니블링은 긴장한 탓에 자기 꼬리를 깨물었고, 호지스는 남아 있는 쇠 덮개들을 모조리 나에게 주며 닦아 달라고 했다. (요스터는 아무것도 하지 않았다.) 우리는 곧장 낯선 바닷가로 흘러갔다. 높은 언덕에는 등대 같은 탑이 어렴풋이 보였다. 탑은 천천히 움직이며 여기저기 뻗어 나갔는데, 꽤 황당한 모습이었다. 그러나 우리는 할 일이 너무 많아서 제대로 신경 쓰지 못했다.

바다 관현악단이 항구로 미끄러져 들어가자, 우리는 머리를 멋지게 빗고 이와 꼬리를 솔질하고 난간 앞에 모였다.

그때 우리 머리 위 어디에선가 으르렁거리는 소리와 함께 끔찍한 말이 들려왔다.

"하! 너희가 호지스랑 그 짜증나는 일행이 아니면 내 손에 장을 지지겠어! 드디어 잡았다!"

세상에! 잔뜩 화난 부블 에드워드였다.

무민파파가 책장을 덮으며 말했다.

"젊었을 때는 그랬지."

스니프가 소리쳤다.

"계속 읽어 주세요! 그다음에는 어떻게 됐어요? 부블이 아빠들을 밟아 죽이려고 했어요?"

무민파파가 얄궂게 말했다.

"다음번에 계속해 주마. 재미있지? 너희도 알겠지만, 책을 쓰는 비법은 가장 끔찍한 순간에 한 장을 딱 끝내는 데 있지."

오늘 무민파파는 무민과 스너프킨과 스니프와 함께 바닷가 모래밭으로 나와 있었다. 무민파파가 끔찍한 폭풍 이야기를 읽어 줄 때, 아이들은 늦여름답게 불안한 바다가 바닷가를 향해 파도를 밀어내는 광경을 지켜보았다.

아이들은 유령선 같은 바다 관현악단을 타고 폭풍을 뚫고 가는 아빠들의 모습이 눈에 보이는 것만 같았다.

스니프가 중얼거렸다.

"우리 아빠는 통 속에서 멀미를 심하게 했겠지."

무민파파가 말했다.

"추워지는구나. 산책 좀 할까?"

등 뒤에서 바람이 불어왔고, 모두 해초 너머 곶 끄트머리를 향해 걸어갔다.

스너프킨이 물었다.

"니블링 소리를 흉내 내실 수 있어요?"

무민파파가 소리 내어 보았다.

"아니, 잘 되지 않는구나. 쇠 나팔에서 나오는 소리처럼 들려야 하는데."

무민이 말했다.

"그럭저럭 괜찮았어요. 아빠, 해티패티들이랑 도망쳤던 게 그때예요?"

당황한 무민파파가 말했다.

"글쎄, 그럴 수도 있었지. 하지만 그건 한참 뒤에 있었던 일이야. 이 책에서는 아예 빼 버릴까 생각하던 참이란다."

스니프가 소리쳤다.

"그 이야기도 써야 해요. 그 뒤로 형편없이 사셨어요?"

무민이 말했다.

"조용히 해."

무민파파가 말했다.

"삐삐삐. 저기 좀 보렴. 육지로 뭔가 떠밀려왔구나! 주우러 뛰어가 보자꾸나!"

모두 뛰기 시작했다.

스너프킨이 말했다.

"저게 뭐지?"

그것은 커다랬고, 묵직해 보였고, 양파와 비슷한 모양이었다. 수초와 조개껍질이 덕지덕지 붙어 있는 모습을 보니 틀림없이 아주 오랫동안 바다를 떠다닌 듯했다. 금이 간 나무 여기저기에 옅은 금빛이 남아 있었다.

무민파파는 나무 양파를 손에 들고 살펴보기 시작했다. 그러더니 점점 눈이 커졌고, 끝내 손으로 눈을 가린 채 한숨을 내쉬었다.

무민파파가 엄숙하고도 살짝 떨리는 목소리로 말했다.

"얘들아, 너희가 보고 있는 이건 강배인 바다 관현악단의 조타실 지붕에 달려 있던 꼭지란다."

무민이 감탄했다.

"우와!"

추억에 잠긴 무민파파가 말을 이었다.

"그리고 이제, 이제 가장 중요한 새 장을 시작하고 우리가 찾은 이 물건을 혼자 좀 살펴봐야겠구나. 동굴에서 놀다 오렴!"

그러고 나서 무민파파는 금박을 입힌 꼭지를 한쪽 팔에, 회고록을 다른 쪽 팔에 끼고 곶을 향해 걷기 시작했다.

무민파파가 혼잣말했다.

"그래, 나는 젊었을 때 꽤 멋진 무민이었지."
무민파파는 쿵 소리 나게 발을 구르며 기쁘게 덧붙였다.
"지금도 그다지 나쁘지 않고."

제5장

이 장에서는 (내 지능을 증명할 소소한 증거를 제시한 다음)
밈블 가족을 소개하며 독재자가 선사한
매력적인 선물을 받는 축제를 묘사한다

그날 부블 에드워드는 틀림없이 우리를 밟아 버리려 했다. 그랬다면 부블 에드워드는 펑펑 울었을 테고, 보기 드물게 아름다운 장례식을 치러 주는 쓸데없는 짓으로 양심의 가책을 덜어 보려 했으리라. 그리고 이 슬픈 이야기는 금세 말끔히 잊어버리고 화내며 다른 누군가를 또 밟고 말았을지 모른다.

그래도 결정적인 순간에 좋은 생각이 떠올랐다. 언제나 그렇듯이 생각은 "짜잔!" 하는 소리와 함께 완성되었다. 나는 그 격분한 산에 용감하게 다가가 차분한 목소리로 말했다.

"아저씨, 안녕하세요! 다시 만나서 반가워요! 아직도 발이 아파요?"

부블이 으르렁거렸다.

"어떻게 감히 그런 걸 물어보지? 이 물벼룩 같은 놈! 그래, 아직도 발이 아파! 엉덩이도 아프고! 너희 때문에!"

내가 차분히 말했다.

"그럼 우리 선물이 엄청 반가우시겠어요. 오리털로 속을 채운 진짜 부블 방석이에요! 딱딱한 데 앉는 부블들을 위해 특별히 만들었죠!"

부블이 우리 구름을 가까이 들여다보며 말했다.

"방석? 오리털? 너희가 나를 또 속이는 줄 모를까 봐. 이 그로크 같은 수세미들아. 그 방석은 바윗덩이로 채워져 있겠지……."

부블은 구름을 끌어당겨 수상쩍다는 듯 킁킁대며 냄새를 맡았다.

호지스가 소리쳤다.

"부블, 한번 앉아 봐! 부드럽고 좋다니까!"

부블이 말했다.

"넌 지난번에도 그렇게 말했지. 정말 부드럽다며. 그리고 어떻게 됐지? 거긴 가시투성이에 딱딱하고 돌도 많고 울퉁불퉁하고 엄청나게 거칠고……."

그러더니 부블은 구름 위에 앉아 조용히 생각에 잠겼다.

우리가 들떠서 소리쳤다.

"어때?"

부블이 기분 나쁜 소리를 내며 말했다.

"으르렁. 아주 딱딱하지는 않군. 여기 잠깐 앉아서 너희한테 화를 낼지 말지 결정해야겠어."

그러나 부블 에드워드가 결정을 내렸을 때, 우리는 너무 손쉽게 내 모든 꿈과 희망의 마지막 무대가 될 뻔했던 운명적인 장소에서 한참 멀어진 뒤였다.

낯선 땅에 발을 들여 기분은 좋았지만, 여기저기 풀이 덮인 둥근 언덕밖에 보이지 않았다. 눈길 닿는 어디에나 둥글게 솟은 언덕과 푸른 비탈을 따라 조약돌로 쌓아 올린 낮은 담이 오르내렸는데, 얼마나 오랫동안 노력한 결과인지 생각하면 존경할 만했다. 그러나 집은 거의 짚으로 만들어져 있었는데, 내 눈에는 아주 엉성해 보였다.

요스터가 물었다.

"저 조약돌담은 왜 쌓았지? 누굴 안에 가두는 걸까, 아니면 밖을 막는 걸까? 다들 어디로 갔을까?"

주위가 너무 조용했고, 잔뜩 흥분해서 우리와 우리가 겪은 폭풍에 관심을 갖고 감탄하며 동정하는 인파는 흔적도 보이지 않았다. 나는 무척 실망했는데, 모두 나와 똑같은 심정이었으리라. 우리가 다른 집보다도 훨씬 엉성하게 지은 집을 지날 때, 드디어 안에서 인기척이 들렸다. 우리는 문을 네 번이나 두드렸지만 아무도 나오지 않았다.

호지스가 소리쳤다.

"실례합니다! 집에 누구 없어요?"

그때 작은 말소리가 들렸다.

"없어요! 아무도!"

내가 말했다.

"이상하네. 그럼 거기서 말하는 건 누구죠?"

목소리가 대답했다.

"밈블의 딸이요. 당장 가요. 엄마가 돌아오기 전에는 아무한테도 문을 열어 주면 안 되거든요!"

호지스가 물었다.

"그럼 엄마는 어디 가셨는데?"

작은 목소리가 서글프게 말했다.

"정원 축제에."

화난 머들러가 물었다.

"왜 넌 같이 가지 않았어? 너무 작아서?"

그러자 밈블의 딸이 울음을 터뜨리며 소리쳤다.

"목이 아파서! 우리 엄마는 디프테리아*라고 생각해!"
호지스가 친근하게 말했다.
"문 좀 열어 줘. 네 목을 좀 봐 줄게. 겁먹지 마."
문이 열리자 양털 목도리를 목에 두르고 눈이 새빨간 밈블의 딸이 보였다.

---

* **디프테리아**(diphtheria)_ 어린이가 주로 걸리는 급성 전염병. 열이 나고 목이 아프며 음식을 잘 삼키지 못한다.—옮긴이

호지스가 말했다.

"자, 이제 좀 보자. 입을 벌려 봐. '아아아아—' 해!"

밈블의 딸이 침울하게 중얼거렸다.

"엄마는 반점열*이나 콜레라일 수도 있다고 했어. 아아—아아!"

호지스가 말했다.

"점은 없어. 목이 아파?"

밈블의 딸이 우는소리를 했다.

"엄청. 좀 있으면 목이 꽉 막혀서 숨도 못 쉬고 먹지도, 말하지도 못하는 모습을 보게 될 걸."

겁먹은 호지스가 말했다.

"당장 가서 누워. 우리가 너희 엄마를 모셔 올게. 지금 당장!"

밈블의 딸이 소리쳤다.

"아니야, 그러지 마. 사실 다 뻥이야. 하나도 안 아파. 내가 너무 구제불능이라 엄마가 두 손 두 발 다 들어서 정원 축제에 못 간 거야."

호지스가 당황해서 물었다.

"뻥이라고? 왜 그랬는데?"

---

* **반점열**_ 피부에 반점이 생기는 급성 전염성 열병을 통틀어 가리키는 말.—옮긴이

밈블의 딸이 다시 울음을 터뜨리며 말했다.

"그냥 재미로 그랬어. 너무 심심해서!"

요스터가 말했다.

"우리가 밈블의 딸을 데리고 그 축제에 가면 어떨까?"

내가 반대했다.

"밈블이 화내면 어떡해?"

밈블의 딸이 신이 나서 소리쳤다.

"그럴 리 없어! 엄마는 낯선 이들을 좋아하거든! 엄마는 내가 얼마나 구제불능인지 벌써 다 까먹었을걸! 우리 엄마는 뭐든 다 까먹거든!"

밈블의 딸이 양털 목도리를 벗어 던지고 밖으로 뛰어나갔다.

밈블의 딸이 소리쳤다.

"서둘러! 왕이 벌써 한참 전에 '깜짝 행사'를 시작했을 테니까!"

허기진 마음으로 내가 소리쳤다.

"왕이라고! 진짜 왕이야?!"

밈블의 딸이 대답했다.

"진짜냐고? 무조건 진짜지. 독재자에 세상에서 가장 커다란 왕이야! 오늘은 왕의 생일이고, 백 살이 됐어!"

내가 속삭였다.

"왕이 나랑 닮았어?"

밈블의 딸이 깜짝 놀라 말했다.

"아니, 하나도 안 닮았는데. 왕이 도대체 왜 너랑 닮아?!"

나는 얼굴이 빨개져서 얼버무렸다. 물론 내 생각이 너무 앞서나가기는 했다. 하지만 만에 하나라도……. 나는 내가 왕족 같았다. 뭐, 아무튼 독재자를 볼 수 있을 테고, 이야기도 할 수 있을지 모른다!

왕은 특별하고, 위엄 있고, 숭고하고, 가까이하기 어려운 무언가가 있다. 나는 누굴 존경하는 편이 아니다. (호지스는 빼고.) 그러나 왕은 나를 낮추지 않고도 존경할 수 있다. 그래서 좋다.

밈블의 딸은 언덕과 돌담을 넘어 우리를 앞서 뛰어갔다.

요스터가 말했다.

"어이, 이 담은 왜 쌓았어? 누굴 안에 가두는 거야, 아니면 밖을 막는 거야?"

밈블의 딸이 대답했다.

"에이, 아무 뜻도 없어. 담 쌓을 때 도시락을 싸서 소풍 갈 수 있으니까 다들 재미있어 하거든……. 우리 외삼촌은 17킬로미터나 쌓았어! 너희도 우리 외삼촌 보면 깜짝 놀랄걸!"

밈블의 딸은 즐겁게 말을 이었다.

"우리 외삼촌은 어떤 글자나 단어라도 확실히 알게 될 때까지 앞에서 뒤로, 뒤에서 앞으로 공부하는데, 뒤집기도 해. 글자랑 단어가 길고 복잡하면 몇 시간씩 걸려!"

요스터가 말했다.

"예를 들면, 가르골로짐돈톨로지."

내가 말했다.

"아니면 안티필리프렌스컨섬프션."

밈블의 딸이 소리쳤다.

"우와, 그렇게 길면 외삼촌은 그 옆에서 야영해야 할지도 모르겠어! 밤에 우리 외삼촌은 길고 빨간 수염을 감고 자. 수염은 반이 이불이고, 반은 요야. 낮에는 하얀 생쥐 두 마리가 그 수염 속에서 지내는데, 얼마나 귀여운지 집세 낼 필요도 없어!"

머들러가 말했다.

"미안한데, 내 생각에는 얘가 또 우리를 속이는 것 같아."

밈블의 딸이 말했다.

"내 여동생들도 그렇게 생각해. 열네다섯 명쯤 되는데, 하나같이 그래. 내가 맏이고, 가장 똑똑하지. 자, 다 왔어. 우리 엄마한테는 너희가 날 부추겨서 같이 왔다고 말하겠다고 약속해."

요스터가 물었다.

"너희 엄마가 어떻게 생겼는데?"

밈블의 딸이 말했다.

"동글동글해. 머리끝부터 발끝까지 동글동글해. 몸속도 그럴걸."

우리는 다른 담보다 더 높은 담 앞에 섰다. 정문은 화관으로 장식되어 있었고, 문 위에는 다음과 같이 적힌 현수막이 걸려 있었다.

독재자의 정원 축제

무료입장! 어서 오세요, 환영합니다!

해마다 열리는 깜짝 행사, 올해는 더 성대합니다!

백세 잔치 기념!

어떤 일이 일어나도

놀라지 마시라!

꼬마 니블링이 물었다.

"어떤 일이 일어나는데?"

밈블의 딸이 말했다.

"어떤 일이든. 바로 그게 재미지."

우리는 정원으로 들어갔다. 정원은 제대로 가꾸지 않은 듯 너저분하고 제멋대로였다.

머들러가 물었다.

"미안한데, 여기 들짐승도 있어?"

밈블의 딸이 속삭였다.

"훨씬 더 나쁜 게 있지. 여기 왔던 손님 오백 퍼센트가 흔적도 없이 사라져 버려! 말로는 설명 못 해. 난 먼저 갈게. 이따 봐."

우리는 조심스럽게 뒤따랐다. 빽빽한 덤불 사이로 구불구불하게 난 길과 기다랗고 푸른 잎으로 둘러싸여 어슴푸레한 빛이 신비로운 굴을 지나…….

갑자기 호지스가 귀를 쫑긋 세우며 소리쳤다.

"멈춰! 길 끝이 낭떠러지야!"

그리고 낭떠러지 밑바닥에는 (아니, 말하기에는 너무 끔찍하다.) 털이 잔뜩 나 있는 무언가가 쳐다보고 있었다. 기다란 다리를 덜덜 떠는 거대한 거미였다!

요스터가 속삭였다.

"쉿! 저게 화났는지 보자."

그러더니 낭떠러지 아래로 작은 돌을 던졌다. 그러자 거미가 다리를 풍차처럼 뱅글뱅글 돌리며, 눈을 이리저리 굴렸다. (기다란 자루에 매달려 있었기 때문이다.)

호지스가 흥미롭게 바라보며 말했다.

"가짜야. 다리는 용수철이고. 잘 만들었는걸."

머들러가 말했다.

"미안한데, 나는 저런 장난은 치면 안 된다고 생각해. 진짜 위험해서 놀라는 것만으로도 충분해!"

호지스가 어깨를 으쓱하며 말했다.

"우리랑은 다른 이들이잖아."

나는 심각하게 충격을 받았는데, 독재자의 거미 때문이라기보다는 전혀 왕답지 않은 독재자의 행동 때문이었다.

길을 돌아서자, 흡족하다는 듯 큰 글자로 다음과 같이 적힌 현수막이 있었다.

다들 겁먹었구나!

나는 화가 나서 생각했다.

'왕이 어떻게 저런 유치한 데 신경 쓸 수가 있지.'

왕에게는, 더구나 나이를 백 살이나 먹은 왕에게는 어울리지 않는 행동이다! 국민들에게 추앙받는 왕은 존경을 귀하게 여길 줄 알아야 한다. 찬탄을 불러일으켜야 한다!

잠시 뒤, 우리는 가짜 호수에 도착해 수상쩍은 눈초리로 주위를 살펴보았다.

호숫가에 있는 작고 우아한 배 몇 척에는 독재자의 색깔로 물들인 깃발이 달려 있었다. 물 위로는 나무가 다소곳이 드리워져 있었다.

"믿어도 될지 모르겠네."

이렇게 중얼거린 요스터는 가장자리만 푸른색인 선홍빛 배에 올라탔다.

우리가 호수 한가운데까지 갔을 때, 왕의 다음 깜짝 행사가 일어났다. 배 옆에서 거센 물줄기가 솟구쳐 올라오는 바람에 우리 모두 쫄딱 젖었다. 두 말할 필요도 없이 머들러는 두려워서 소리를 빽빽 질러 댔다. 육지에 도착하기 전까지 우리는 네 번이나 물을 더 맞았고, 호숫가에는 이렇게 적힌 새로운 현수막이 있었다.

다들 홀딱 젖었구나!

나는 정말이지 당혹스러웠고, 왕 대신 부끄러웠다.

호지스가 중얼거렸다.

"특이한 정원 축제네."

요스터가 소리쳤다.

"마음에 들어! 틀림없이 재미있는 독재자일 테니까. 심각한 구석이 전혀 없잖아!"

나는 요스터를 흘깃거렸지만, 꾹 참았다.

우리는 다리가 온통 뒤죽박죽으로 놓여 있는 진짜 해협으로 갔다. 다리는 부러졌거나 판지를 붙인 함정이 잔뜩 있었고, 가끔 우리는 썩은 나무줄기나 낡은 노끈과 토막 난 밧줄을 엮어 만든 출렁다리 위에서 겨우 균형을 잡곤 했다. 그러나 별다른 일은 일어나지 않았고, 꼬마 니블링만 진창 구덩이에 고꾸라졌지만, 오히려 그래서 활기를 되찾은 듯했다.

갑자기 요스터가 소리쳤다.

"하하! 이번에는 안 당해."

그러고는 박제된 커다란 황소 앞까지 당당히 걸어가 주둥이를 찰싹 때렸다. 황소가 어마어마한 소리를 내며 뿔을 내리더니 (다행히도 헝겊이 덧대어져 있었다.) 요스터를 장미 관목까지 멋진 곡선을 그리며 날려 버렸을 때 우리가 얼마나 겁먹었을지 상상해 보라.

그리고 물론 우리는 약 오르는 새 현수막을 찾았는데,

거기에는 의기양양하게 다음과 같이 적혀 있었다.

> **이건 몰랐겠지!**

 나는 그래도 이번에는 독재자가 유머 감각이 있다고 생각했다.

 끝내 우리는 깜짝 행사에 익숙해졌다. 우리는 나뭇잎 동굴과 오만 가지 비밀 은신처를 거치고, 폭포 밑과 가짜 불이 타오르는 낭떠러지 위를 지나면서 왕의 뒤죽박죽 정원 속으로 점점 더 깊이 들어갔다. 그러나 독재자는 국민들을 위해 함정과 화약과 용수철로 만든 끔찍한 것만 생각해 내지는 않았다. 덤불 아래나 바위틈이나 속이 텅 빈 나무속을 들여다보면 알록달록하거나 금박을 입힌 달걀이 들어 있는 둥지를 찾을 수 있었다. 달걀마다 번호가 곱게 써져 있었다. 나는 67번, 14번, 890번, 223번 그리고 27번 달걀을 찾았다. 독재자의 특별 추첨 복권이었다. 나는 이기지 못하면 굉장히 창피하기 때문에 시합을 좋아하는 편은 아니지만, 달걀 찾기는 재미있었다. 꼬마 니블링이 가장 많이 찾았는데, 먹지 말고 추첨할 때까지 가지고 있으라고 설득하기가 너무 힘들었다. 호지스가 2등이었고, 그다음이 나였으며, 뒤지고 다니기에는 너무 게

으른 요스터와 요령 없이 여기저기 헤매고 다닌 머들러가 꼴등이었다.

마지막으로 우리는 나무와 나무 사이에 매달린 기다랗고 화려한 나비 모양 리본을 발견했다. 커다란 현수막에는 다음과 같이 적혀 있었다.

> **이제 진짜 재미있을걸!**

즐거운 웃음소리와 총소리와 노랫소리가 들렸다. 정원 안에서는 축제가 한창이었다.

불안해진 꼬마 니블링이 말했다.

"난 여기 남아서 기다릴게. 저기는 너무 시끄러워."

호지스가 말했다.

"그래. 하지만 어디 가면 안 돼."

우리는 미끄럼틀을 타고, 폭죽놀이를 하고, 솜사탕을 먹는 독재자의 국민으로 가득 찬 초록빛 풀밭 가장자리에 멈추어 섰다. 한가운데에는 음악 소리를 내며 빙빙 도는 커다랗고 둥근 집이 있었고, 그 안에는 휘날리는 깃발과 은빛 마구를 채운 흰 말이 가득했다.

내가 소리쳤다.

"저게 뭐야?"

호지스가 말했다.

"회전목마야. 내가 너한테 기계 도면을 그려 줬잖아. 단면도 기억 안 나?"

내가 반박했다.

"하지만 저런 모양은 아니었잖아. 저기에는 흰 말에 은빛이 번쩍번쩍하고 깃발에 음악까지 있는데!"

호지스가 말했다.

"톱니바퀴도 있지."

아주 볼품없는 앞치마를 두른 커다란 헤물렌 하나가 물었다. (내가 늘 말했다시피, 헤물렌들은 감각이 없다.)

"신사 분들, 주스 드시겠어요?"

헤물렌은 우리에게 주스를 한 잔씩 따라 주고는 거드름을 피우며 말했다.

"이제 가서 독재자님의 생신을 축하해 드려요. 독재자님은 오늘 백세가 되셨거든요."

나는 만감이 교차하는 심정으로 주스 잔을 손에 쥐고 독재자의 왕좌 쪽으로 시선을 돌렸다. 독재자는 거기에 앉아 있었는데, 주름이 가득했고 나와 전혀 닮지도 않았다. 나는 실망했던 것일까, 아니면 안도했던 것일까? 왕좌를 마주하는 때는 엄숙하고 중요한 순간이다. 이런, 그러나 나는 왕관을 삐딱하게 쓰고 귓가에 꽃을 꽂은 왕, 음악에

맞추어 무릎을 치며 왕좌가 떨리도록 발을 쿵쿵 구르는 왕만 보았다. 왕좌 밑에는 어느 국민과 건배를 하고 싶을 때마다 울리는 경적이 있었다. 내가 얼마나 당황스럽고 우울했는지는 말할 필요도 없다.

드디어 경적이 그치자, 호지스가 말했다.

"축하드릴 수 있어 영광입니다. 첫 세기를 축하드립니다."

나는 엄숙하고도 부자연스러운 목소리로 축하 인사를 했다.

"독재자 폐하, 먼 바닷가에서 온 난민에게 축하드릴 영광을 주십시오. 이 순간이 깊은 성찰을 불러일으킵니다."

왕은 깜짝 놀라 나를 보더니, 킥킥대며 웃기 시작했다.

왕이 말했다.

"건배! 아까 젖었나? 황소는? 자네들 중 아무도 시럽 통 속에 떨어지지 않았다는 말은 하지 말게! 왕이 되면 정말이지 재미있다니까!"

그러더니 왕은 우리가 지루했는지 경적을 울렸다.

왕이 소리쳤다.

"보라, 충실한 국민들이여! (누가 저 회전목마를 멈추게.) 모두 이쪽으로 오라! 이제 추첨을 하겠다!"

회전목마와 그네가 멈추었고, 모두 달걀을 들고 왕좌 곁으로 뛰어왔다.

왕이 소리쳤다.

"701번! 누가 701번을 가지고 있나?"

호지스가 말했다.

"저요."

왕은 호지스가 오래전부터 갖고 싶어 했던 정말 멋진 마이터 톱을 건네며 말했다.

"자, 여기 있네! 요긴하게 쓰도록."

새로운 당첨 번호가 불렸고, 국민들은 길게 줄을 서서 웃고 떠들며 왕좌로 몰려들었다. 토플들과 미플들도 모두 무엇인가를 받았지만, 나는 아니었다.

요스터와 머들러는 경품들을 줄지어 세워 놓고 깨뜨리고 있었는데, 초콜릿 볼, 헤물렌들이 쓰는 마지팬, 솜사탕으로 만든 장미 같은 것뿐이었기 때문이다. 하지만 호지스는 실용적이지만 시시한 물건을 무릎 높이 쌓아두었는데, 주로 작업 도구였다.

마지막으로 왕좌에서 일어난 왕이 소리쳤다.

"사랑하는 국민들이여! 바보 같고 시끄럽게 떠들고 지각 없고 사랑하는 국민들이여! 너희는 자신에게 딱 맞는 경품을 받았으며, 그 이상은 받을 자격이 없다. 짐은 백 년의 지혜로 달걀을 세 가지 장소에 숨겨 두었다. 첫 번째 장소는 여기저기 뛰어다니거나 찾아다니기 너무 귀찮을 때 발

에 차이는 곳들로, 경품은 먹을 것이다. 두 번째 장소로, 차분하고 체계적으로 생각해서 찾으면 발견할 수 있는 곳에 달걀을 숨겼다. 이 경품은 쓸모가 있다. 하지만 세 번째 장소는, 상상력을 발휘해야 찾을 수 있는 곳으로 골랐다.

이 경품은 아무짝에도 쓸모가 없다. 잘 들어라, 이 가망 없고 바보 같고 사랑하는 나의 국민들이여! 누가 돌 밑에서, 개울 바닥에서, 나무 꼭대기에서, 꽃봉오리에서, 자기 주머니에서, 또는 개미집 같은 기막힌 비밀 장소에서 달걀을 찾아보았는가? 누가 67번, 14번, 890번, 999번, 223번, 27번 달걀을 가지고 있나?"

"저요!"

나는 너무 크게 소리친 나머지 스스로도 놀라고 당황했다. 뒤이어 다른 누군가가 더 작게 소리쳤다.

"999번!"

왕이 말했다.

"앞으로 나오라, 불쌍한 무민. 그대 앞에 몽상가의 쓸모없는 경품이 있다. 마음에 드는가?"

나는 숨을 몰아쉬며 경품들을 넋 놓고 바라보았다.

"엄청나게요, 폐하."

27번이 가장 예뻤다. 거실 장식품이었는데, 해포석으로 만든 작은 전차가 산호 받침 위에 놓여 있었다. 전차 앞쪽으로 안전핀을 꽂을 통도 있었다. 67번은 샴페인 거품기였고 석류석으로 장식이 되어 있었다. 그 밖에도 상어 이빨, 연기 모양 담배 고리, 손풍금 장식용 손잡이가 있었다. 내가 얼마나 행복했을지 짐작할 수 있겠는가!? 사랑하는 독자들이여, 또한 내가 기대만큼 왕답지 못한 독재자를 거의 용서했을 뿐만 아니라, 독재자가 그래도 꽤 괜찮은 왕이라는 생각까지 들었다는 점을 이해할 수 있겠는가?

밈블의 딸이 소리쳤다.

"그럼 저는요?"

(물론 밈블의 딸이 당첨 번호 999번을 가지고 있었기 때문이다.)

독재자가 진지하게 말했다.

"작은 밈블, 네게는 짐의 코에 뽀뽀할 영광을 주마."

밈블의 딸은 독재자의 무릎으로 기어올라 늙고 독재적인 코에 뽀뽀를 했고 국민들은 만세를 부르며 경품을 먹었다.

정원 축제는 정말이지 비할 데가 없었다. 날이 어두워지자 깜짝 공원 곳곳에 화려한 등이 켜지고 춤이 시작되었으며 즐거운 실랑이가 벌어졌다. 독재자는 풍선을 나누어 주고 거대한 사과주 통을 열었고, 국민들이 수프를 끓이고 소시지를 굽는 모닥불이 곳곳에서 빛났다.

나는 다른 이들과 함께 분주하게 돌아다니다가 몸이 마치 둥근 원으로만 이루어진 듯한 커다란 밈블을 보았다. 내가 가까이 다가가서 인사하고 말했다.

"실례합니다. 아주머니가 혹시 밈블이세요?"

밈블이 웃으며 대답했다.

"그렇단다! 세상에, 내가 너무 많이 먹었네! 네가 그렇게 이상한 경품을 받아서 얼마나 안타까운지 몰라!"

내가 소리쳤다.

"이상하다니요! 몽상가의 쓸모없는 경품보다 더 좋은 걸 받을 수는 없어요! 이보다 더 큰 영광이 어디 있겠어요?"

내가 공손히 덧붙였다.

"물론 아주머니의 딸이 1등에 당첨됐지만요."

밈블이 자랑스럽게 인정했다.

"그 애는 우리 가족의 자랑거리야."

내가 물었다.

"그럼 딸한테 더는 화내지 않으시겠네요?"

밈블이 놀라서 물었다.

"화라니? 내가 왜? 나는 화낼 시간도 없단다. 열여덟인가 열아홉인가 되는 아이들을 씻기고, 재우고, 입히고, 먹이고, 코 풀어 주고, 달래 주기도 해야 하는걸. 그로크나 알려나 몰라. 아니, 젊은 친구. 그래도 난 늘 재미있어!"

내가 말했다.

"게다가 아주머니한테는 독특한 남자 형제도 있으시잖아요."

밈블이 말했다.

"남자 형제라고?"

내가 설명했다.

"네, 딸의 외삼촌이요. 빨간 수염을 휘감고 자는 외삼촌 말이에요."

(수염 속에 사는 생쥐 이야기는 꺼내지 않아 천만다행이었다.)

그러자 밈블이 자지러지게 웃으며 말했다.

"아이고, 우리 딸을 어쩌면 좋아! 네가 깜빡 속았구나! 내가 알기로는 그 애한테 외삼촌은 없단다. 그럼 이만. 이제 나는 회전목마를 타러 가야겠구나."

그러더니 밈블은 자신의 너른 품 안에 아이들을 가득 품고 얼룩말이 끄는 사륜마차에 올라탔다.

요스터가 진심으로 감탄하며 말했다.

"독특한 밈블이네."

말에 올라타는 머들러의 얼굴이 이상해 보였다.

내가 물었다.

"왜 그래? 재미없어?"

머들러가 중얼거렸다.

"엄청나게 재미있어. 그런데 자꾸 빙빙 도니까 속이 울렁거려……. 엄청!"

내가 물었다.

"몇 번이나 탔는데 그래?"

머들러가 울적하게 말했다.

"몰라. 오래! 오랫동안! 미안하지만, 어쩔 수 없었어! 내 평생에 두 번 다시 회전목마를 탈 기회가 없을지도 모르니까……. 아이고, 또 돌기 시작했어!"

호지스가 말했다.

"집에 갈 시간이야. 왕은 어디 있지?"

그러나 왕은 미끄럼틀을 타느라 정신없이 바빠서 우리는 아주 조용히 나왔다. 요스터만 남았다. 요스터는 밈블과 동 틀 때까지 그네를 타겠다고 했다.

우리는 풀밭 가장자리 이끼밭에 파고든 채 잠든 꼬마 니블링을 찾았다.

내가 말했다.

"여기 있었네. 가서 네 경품을 가져오지 그래?"

꼬마 니블링이 눈을 깜박거리며 되물었다.

"경품이라니?"

호지스가 말했다.

"네 달걀 말이야. 열두 개나 있었잖아."

꼬마 니블링이 수줍어하며 말했다.

"아까 다 먹었어. 너희를 기다리는 동안 다른 할 일도 없고 해서."

꼬마 니블링은 자기 경품이 무엇이었는지, 자기가 받지 않은 경품은 누가 받았는지 궁금해했다. 왕은 다음 백세 축제를 위해 아껴 두었을지도 모른다.

무민파파가 한 장을 넘기고 말했다.

"제6장."

스너프킨이 말했다.

"잠깐만요. 우리 아빠가 그 밈블을 좋아했어요?"

무민파파가 대답했다.

"아주 진지해 보였지! 내 기억에 요스터랑 밈블은 같이 뛰어다니고 웃기만 했단다."

스너프킨이 물었다.

"우리 아빠가 저보다 밈블을 더 좋아했어요?"

무민파파가 말했다.

"그때 너는 세상에 나오지도 않았잖니."

스너프킨이 콧방귀를 뀌었다. 그러고는 모자를 푹 눌러 쓰고 창밖만 내다보았다.

무민파파는 스너프킨을 보더니 일어나 구석에 있는 벽장으로 가서 맨 위 선반을 한참 뒤적거렸다. 무민파파가 돌아왔을 때, 기다랗고 반짝이는 상어 이빨을 손에 들고 있었다.

무민파파가 말했다.

"이걸 주마. 네 아빠가 이걸 보면서 감탄하곤 했단다."

스너프킨이 상어 이빨을 보며 말했다.

"멋져요. 제 침대 위에 걸어 놓을게요. 우리 아빠가 황소 때문에 장미 덤불로 날아갔을 때 다치지는 않았어요?"

무민파파가 말했다.

"멀쩡했단다. 요스터는 고양이처럼 유연했고, 황소 뿔에는 부드러운 헝겊이 덧대어져 있었지."

스니프가 물었다.

"그럼 다른 경품들은 어떻게 됐어요? 전차는 거실 거울 아래에 있지만, 다른 건요?"

무민파파가 생각에 잠겨 말했다.

"그래, 샴페인을 받은 적이 없어. 그래서 거품기는 아직도 부엌 상자 맨 뒤에 있는 것 같구나. 담배 고리는 몇 년 뒤에 사라졌고……."

스니프가 소리쳤다.

"그럼 손풍금 장식 손잡이는요!"

무민파파가 말했다.

"글쎄, 네 생일만 알면 줄 텐데 말이다. 하지만 네 아빠는 늘 날짜를 잘 몰랐어."

스니프가 애원했다.

"그럼 제 영명 축일에는요?"

무민파파가 말했다.

"좋아, 네 영명 축일에 신비로운 선물을 주마. 이제 조용히 하렴. 계속 읽을 테니까."

제6장

이 장에서는 내가 개척지를 만들고,

위기를 겪고,

공포의 섬의 유령을 불러낸다

호지스가 빠른 전보를 받은 그날 아침을 잊을 수가 없다. 아침은 평화롭고 재미있게 시작되었다. 우리는 바다 관현악단 조타실에 앉아 커피를 마시고 있었다.

"나도 커피 마시고 싶어."

이렇게 말한 꼬마 니블링이 우유 잔에 입바람을 불어 거품을 냈다.

호지스가 다정하게 설명했다.

"너는 너무 어려. 어쨌든 너를 이제 너희 엄마가 있는 집으로 보낼 거야. 정기선으로 30분 뒤에."

"그렇구나."

차분히 대답한 꼬마 니블링은 계속 우유에 거품을 냈다. 밈블의 딸이 소리쳤다.

"하지만 나는 너희랑 같이 있을 거야! 어른이 될 때까지. 호지스, 밈블들을 어마어마하게 크게 키우는 발명품은 없어?"

내가 말했다.

"작은 밈블로도 충분해."

밈블의 딸이 고개를 끄덕였다.

"우리 엄마도 그렇게 말해. 내가 조개껍질 속에서 세상에 나왔고, 수족관에서 나를 발견했을 때 물벼룩보다도 작았다는 거 모르지?"

내가 말했다.

"또 우리를 속이는 거잖아. 씨앗이 사과 속에 있는 것처럼 누구나 엄마 속에서 세상에 나오는 줄 모를까 봐! 사고가 날지도 모르니까 밈블들은 배에 태우면 안 돼!"

"그래, 뻥이야."

밈블의 딸은 태연히 대답하더니 커피를 벌컥벌컥 들이켰다.

우리는 꼬마 니블링의 꼬리에 주소가 적힌 꼬리표를 붙여 주고 입에 뽀뽀를 해 주었다. 기특하게도 꼬마 니블링은 우리 입을 물지 않았다.

호지스가 말했다.

"엄마한테 안부 전해 드려. 정기선은 갉아먹지 말고."

꼬마 니블링이 기분 좋게 약속했다.

"응. 당연하지."

그런 다음, 꼬마 니블링은 배까지 무사히 바래다주겠다는 밈블의 딸과 함께 떠났다.

호지스가 조타실 탁자에 세계지도를 펼쳤다. 바로 그때, 누군가 문을 두드리더니 으르렁거리는 목소리로 소리쳤다.

"전보요! 호지스에게 빠른 전보요!"

문 밖에는 독재자의 왕실 근위대인 커다란 헤물렌이 서 있었다. 호지스는 차분히 선장 모자를 쓴 다음, 진지한 표정으로 전보를 읽었다. 내용은 다음과 같았다.

호지스 타고난 발명가 알게 됨 마침표
그 재능 독재자 위해 발휘 바람 느낌표 긴급 마침표

자신의 커피 통으로 글 읽기를 배운 머들러가 말했다. (맥스웰 하우스 고급 커피 450그램처럼. 물론 통이 파란색이었을 때 말이지만.)

"미안하지만, 왕은 맞춤법을 영 모르네."

호지스가 설명했다.

"빠른 전보에는 조사가 들어가지 않아. 조사를 쓸 시간이 없거든. 그러니까 이 빠른 전보는 아주 잘 썼다고 할 수 있어."

호지스는 나침함 뒤에서 빗을 찾더니 털 뭉치가 조타실을 이리저리 날아다닐 만큼 귀를 빗어 댔다.

머들러가 물었다.

"그 멋진 전보에 조사를 써넣어도 돼?"

호지스는 듣지 않았다. 호지스는 무어라고 중얼거리며 바지 솔질을 시작했다.

내가 조심스럽게 말했다.

"있잖아, 네가 독재자를 위해 발명해 주기 시작하면 우리는 떠날 수가 없어. 그렇지 않겠어?"

호지스는 의미 없는 소리를 냈다.

내가 계속했다.

"발명품을 만드는 데 시간도 오래 걸리잖아. 그렇지?"

호지스가 아무 대답도 하지 않자, 나는 절망을 가득 담아 소리쳤다.

"한곳에서만 계속 살면 어떻게 모험가가 되겠어? 넌 모험가가 되고 싶지 않아?!"

그러나 호지스가 대답했다.

"응. 나는 발명가가 되고 싶은데. 하늘을 나는 강배를 발명하고 싶어."

내가 물었다.

"그럼 나는 어떡하고?"

"다른 애들이랑 개척지를 만들면 되잖아."

호지스는 친절하게도 이렇게 말하고는 사라져 버렸다.

그날 오후, 호지스는 깜짝 공원으로 이사를 갔고, 바다 관현악단도 옮겨졌다. 바닷가에는 조타실만 남았다. 왕실 근위대가 강배를 공원으로 밀고 갔는데, 모두 더할 나위 없이 비밀스러웠으며, 국민들은 감탄하며 배 주위에 8면으로 된 새 돌담을 쌓았다.

공원으로 작업 도구 몇 수레, 톱니바퀴 몇 톤, 용수철 몇 십 킬로미터를 들였다. 호지스는 화요일과 목요일에는 국민들을 놀라게 할 만한 재미있는 발명품을 만드는 데 전념하겠다고 왕과 약속했고, 나머지 시간에는 하늘을 나는 강배를 개발할 자유를 얻었다. 그러나 나는 이 모든 사실을 나중에야 들었다. 나는 버려진 느낌만 들 뿐이었다. 나는 다시 왕을 의심할 수밖에 없었고, 존경할 수도 없었다.

게다가 '개척지'라는 이상한 단어가 무슨 뜻인지도 전혀 알 수 없었다. 결국 나는 위로받기 위해 밈블의 집으로 갔다.

수도꼭지 아래에 있는 동생들을 씻기던 밈블의 딸이 말했다.

"안녕, 너 꼭 크랜베리를 먹은 것 같아!"

나는 우울하게 대답했다.

"나는 이제 모험가가 아니야. 개척지를 찾을 거야."

밈블의 딸이 물었다.

"아, 그렇구나. 그런데 그게 뭔데?"

내가 중얼거렸다.

"잘 몰라. 엄청 바보 같은 거겠지. 해티패티들이랑 사막의 폭풍이나 바다독수리처럼 고독하게 떠나는 편이 나을지도 몰라."

밈블의 딸이 물을 푸다 말고 말했다.

"그럼 나도 끼워 줘."

"그렇지만 너는 호지스랑 전혀 다른걸."

말은 이렇게 했지만 내 목소리는 영 딴판이었다.

밈블의 딸이 들떠서 소리쳤다.

"그럼, 다르지! 엄마! 어디 계세요? 또 어디 가 계신 거예요?"

밈블이 나뭇잎 밑에서 기어 나오며 말했다.

"여기 있단다. 애들은 몇이나 씻겼니?"

밈블의 딸이 대답했다.

"절반쯤이요. 무민이 사막의 폭풍이나 참새처럼 고독하게 세계 일주를 하러 같이 가자고 하니까 나머지는 그냥 둘게요."

당연히 불안해진 내가 소리쳤다.

"아니, 아니야. 아니라고! 내 말은 그런 뜻이 아니야!"

밈블의 딸이 말했다.

"그래, 그럼 독수리처럼."

밈블이 놀라서 소리쳤다.

"아니, 그럼 저녁 먹으러 오지 않겠다는 말이니?"

밈블의 딸이 말했다.

"에이, 엄마. 우리가 다시 만날 때쯤이면 난 세상에서 가장 큰 밈블이 되어 있을 거예요! 우리 당장 출발해?"

나는 작은 목소리로 말했다.

"생각해 보니까, 개척지를 만드는 편이 더 나을지도 모르겠어."

사랑하는 독자들이여, 당부컨대 밈블들을 조심하라. 밈블들은 모든 일에 관심이 있고, 누군가 자신에게 관심이 없다는 사실을 전혀 이해하지 못한다.

그래서 나는 내 의도와는 달리 밈블의 딸과 머들러와 요스터와 함께 개척지를 만들기로 했다. 우리는 호지스가 남기고 간 조타실에 모였다.

밈블의 딸이 말했다.

"자, 엄마한테 개척민이 뭔지 물어봤는데, 엄마 짐작으로는 혼자 있기가 죽기보다 싫어서 남들이랑 최대한 가까이 사는 이들 같대. 그러고는 엄청나게 싸우기 시작한다는데, 싸울 상대가 아무도 없는 것보다는 그래도 싸우는 게 더 재미있기 때문이라고도 했어! 엄마가 조심하래."

밈블의 딸이 한 말이 못마땅해 모두 침묵했다.

머들러가 걱정스럽게 물었다.

"그럼 이제 싸워야 해? 나는 정말 싸우기 싫은데! 미안한데, 싸우면 너무 속상해."

요스터가 불쑥 소리쳤다.

"틀렸어! 개척지는 서로 최대한 멀리 떨어져서 평화롭게 사는 곳이야. 가끔 뭔가 특별한 일이 일어나고, 그다음에는 다시 평화로워지지. 예를 들면, 사과나무에서 살 수도 있어. 다들 알겠지만 노래 부르고, 햇볕을 쬐고, 늦잠 자면서. 이리저리 뛰어다니면서 이런저런 일이 중요하니까 미루지 말고 당장 해야 한다고 닦달하지도 않고……. 그냥 알아서 되게 내버려 두지."

머들러가 물었다.

"그럼 알아서 돼?"

요스터가 꿈꾸듯 말했다.

"물론이지. 그냥 그대로 내버려 둬. 오렌지가 자라고, 꽃이 피고, 가끔 오렌지를 먹고 냄새 맡을 새로운 요스터가 태어나. 모두 햇볕을 쬐고."

내가 소리쳤다.

"아니야! 그런 게 무슨 개척지야! 내가 볼 때, 개척지는 무법자들이 모인 단체야! 무언가 엄청나게 대담하고 조금은 무서운, 아무도 엄두를 내지 못하는 그런 걸 하는 단체라고."

밈블의 딸이 흥미로워하며 물었다.

"그다음에는 어떻게 되는데?"

나는 얄궂게 대답했다.

"보여 줄게. 다음 금요일 밤 12시에! 너희 모두 깜짝 놀랄걸!"

머들러가 환호했다. 밈블의 딸은 손뼉을 쳤다.

그러나 끔찍한 사실은 다음 금요일 밤 12시에 내가 무엇을 할지 전혀 생각해 놓지 못했다는 점이었다.

우리는 곧장 완전한 독립에 돌입했다.

요스터는 밈블의 집 근처에 있는 사과나무로 이사했다. 밈블의 딸은 스스로 독립적으로 느끼기 위해 밤마다 새로운 곳에서 자겠다고 했고, 머들러는 여전히 커피 통에서 살았다.

나는 어떤 그리움에 사로잡혀 조타실을 인수했다. 바닷가 외딴 바위 위로 옮겨 놓은 조타실은 육지로 떠밀려온 난파선 조각처럼 보였다. 나는 왕실 근위대의 헤물렌들이 왕실 발명가에게는 어울리지 않는다며 두고 간 호지스의 오래된 도구 상자를 바라보며 우두커니 서 있었던 시간을 아주 또렷이 기억한다.

나는 지금 당장 호지스의 발명품만큼 훌륭한 무엇인가를 개발해야 한다고 생각했다. 어떻게 해야 개척지에 감명을 줄까? 다들 저기에서 기다리고 있고, 이제 곧 금요일이고, 내가 얼마나 재능이 많은지 너무 많이 떠들어 댔는데······.

구역질이 날 것 같아 밀려왔다 밀려가는 파도를 보며 마음속으로 잠깐 동안 호지스가 내내 새로운 발명품만 만들고, 만들고, 또 만들면서 나를 완전히 잊어버리는 상상을 했다.

내가 정처 없이 떠도는 해티패티들의 별들 아래에서 태어났더라면 결코 가 닿을 수 없는 수평선을 향해 아무 신경 쓰지 않고 말없이 나아가기만 하고, 아무도 내게 무엇 하나 기대하지 않았을 텐데.

우울한 기분은 해질 때까지만 계속되었다. 누군가가 그리워지기 시작하자 언덕을 넘어 섬 안쪽으로 어슬렁거리며 들어갔고, 목적 없는 담을 쌓으러 모인 독재자의 국민들이 도시락을 먹는 모습을 보았다. 독재자의 국민들은 여기저기 작은 모닥불을 피우고 집에서 만들어 온 폭죽을 터뜨리거나 평소처럼 왕에게 만세를 부르고 있었다. 나는 머들러의 통을 지나치며 머들러가 끊임없이 혼잣말하는 소리를 들었다. 내가 알아듣기로는 동그랗지만 다른 쪽에서 보면 달걀 모양으로도 보이는 어떤 단추 이야기였다. 요스터는 사과나무에서 자고 있었고, 밈블의 딸은 자신이 얼마나 독립적인지 엄마에게 보여 주려고 어딘가를 헤매고 있을 터였다.

쥐 죽은 듯 고요한 깜짝 공원을 걸어가는 동안 모든 게 부질없다는 사실이 마음 깊이 와닿았다. 폭포는 흐르지 않았고, 불은 꺼졌으며, 회전목마는 커다란 갈색 덮개 밑에서 잠들어 있었다. 독재자의 왕좌도 덮여 있었고, 그 밑에는 왕의 경적이 놓여 있었다. 땅바닥에는 사탕 껍질이 수북했다.

그때 망치 두드리는 소리가 들렸다.

내가 소리쳤다.

"호지스!"

그러나 호지스는 망치질만 계속했다.

내가 경적을 울렸다. 잠시 뒤, 그늘 속에서 호지스의 귀가 튀어나오더니 말했다.

"완성되기 전에는 보여 줄 수 없어. 넌 너무 일찍 왔어."

내가 울적하게 말했다.

"네 발명품을 보러 온 게 아니야. 이야기하러 왔어!"

호지스가 물었다.

"무슨 이야기?"

나는 잠시 가만히 있다가 말했다.

"호지스, 무법의 모험가는 도대체 뭘 해야 해?"

호지스가 대답했다.

"원하는 건 뭐든. 다른 볼일은 없어? 내가 좀 바쁘거든."

호지스는 친근하게 귀를 흔들며 다시 그늘 속으로 사라졌다. 잠시 뒤, 호지스가 못질하는 소리가 다시 들려왔다. 나는 집으로 돌아왔고, 안타깝게도 머릿속이 쓸모없는 생각으로 가득 찼고, 난생처음 나 자신을 생각하는 일이 전혀 재미있지 않았다. 너무도 우울했고, 살면서 그 뒤로도 누가 나보다 더 많은 일을 해 냈을 때면 그때와 똑같은 우울함이 나를 장악했다.

그러나 한편으로는 이 새로운 감정이 무척 흥미로웠고, 이 감정은 무엇보다도 내 재능과 관련이 있다고 짐작했다. 시커먼 밤처럼 우울해진 내 마음을 내팽개쳐 두고 한숨 쉬며 바다를 바라보자니 어쩐지 흥미로웠다. 내가 엄청나게 가여워졌다. 굉장히 흥미로운 경험이었다.

나는 이런 기분으로 호지스의 작업 도구와 바닷가에 떠밀려 온 판자 조각들로 조타실을 조금씩 바꾸기 시작했다. 내가 보기에는 천장이 너무 낮았다.

서글프고 내 성장에 정말 중요한 한 주가 이렇게 지나갔다. 나는 못을 박으며 고민했지만, "짜잔!" 하는 소리는 한 번도 나지 않았다.

 목요일 밤에는 보름달이 떴다. 쥐 죽은 듯 고요한 밤이었다. 독재자의 국민들도 만세를 부르고 폭죽을 터뜨리는 데 지쳐 나가떨어졌다. 나는 위층 계단을 완성한 다음, 창문 앞에 턱을 괸 채 앉아 있었는데 너무 조용해서 털이 잔뜩 난 나방이 날개를 닦는 소리까지 들렸다.

 그때 바닷가 모래밭에서 작고 하얀 무언가가 보였다. 처음 보았을 때는 해티패티인 줄 알았다. 그러나 그게 미끄러지듯 가까이 다가오자 소름이 끼쳤다. 녀석은 투명했다.

그 몸을 통과해 뒤에 있는 돌이 뚜렷이 보였고, 그림자도 없었다! 얇고 하얀 천에 덮여 있는 것 같았다고 덧붙이면 누구나 그게 유령이라는 사실을 알 수 있으리라!

  나는 흥분해서 벌떡 일어났다. 대문은 닫았던가? 유령은 문을 통과해 들어올지도 모른다……. 그럼 어떡하지? 이제 대문이 삐걱거렸다. 계단을 타고 올라온 찬바람이 목덜미로 불어들었다.

  지금 생각해 보면, 그때 내가 진짜 겁먹었다기보다는 조금 조심해야겠다고 느꼈던 듯하다. 나는 마음을 다잡고 침대 밑으로 기어 들어가서 기다렸다. 잠시 뒤, 계단이 삐걱거리기 시작했다. 삐걱, 한 번 더 삐걱. 계단을 만들 때 너무 힘들었기 때문에 (나선형 계단이었다.) 계단이 아홉 층이라는 사실을 알고 있었다. 그래서 삐걱 소리를 아홉 번 셌고, 그다음 아무 소리 없이 조용해지자 유령이 문 뒤에 서 있다고 생각했다…….

  여기까지 읽은 무민파파는 이야기 효과를 높이려고 잠깐 쉬기로 했다.

  무민파파가 말했다.

"스니프, 등잔을 위로 올려 보렴. 유령이 나타난 밤 이야기를 읽어 줄 때 나까지 손에 땀을 쥐었다니까!"

스니프가 잠에서 깨어 웅얼거렸다.

"누가 뭐라고 했어요?"

무민파파가 스니프를 보며 말했다.

"그래. 그냥 내 회고록을 읽어 주고 있었을 뿐이지."

이불을 머리끝까지 끌어당긴 무민이 말했다.

"유령 이야기는 좋아요. 빼면 안 돼요. 하지만 우울한 감정 이야기는 별로 필요 없어 보여요. 너무 길어요."

그 말에 상처받은 무민파파가 발끈했다.

"길다고? 길다니, 그게 무슨 뜻이지? 회고록에는 슬픈 감정이 들어가야 해. 회고록은 원래 그래. 나는 위기를 넘겼단 말이다."

스니프가 물었다.

"뭐라고요?"

무민파파가 화내며 설명했다.

"그때는 끔찍했지. 정말 끔찍했어. 나는 너무 절망적이어서 내가 이층집을 지었다는 사실도 거의 깨닫지 못했지!"

스너프킨이 물었다.

"요스터의 사과나무에는 사과가 열려 있었어요?"

무민파파가 짧게 대답했다.

"아니."

무민파파는 벌떡 일어나 방수 천으로 감싼 공책 표지

를 덮어 버렸다.

무민이 말했다.

"저기요, 아빠. 유령 이야기는 정말 엄청 좋았어요. 진짜예요. 우리 모두 유령은 정말 재미있다고 생각해요."

그러나 무민파파는 아래층으로 내려가서 거실에 앉아 여전히 서랍장 위에 걸려 있는 기압계를 쳐다보았다. 이제는 조타실이 아니라 거실에 있었다. 호지스가 무민파파의 집을 보았을 때 뭐라고 말했던가? 감싸 주듯이 "네가 해 낸 것 좀 봐!"라고 했다. 다른 이들은 집이 높아진 줄도 몰랐다. 이번 장에 썼던 감정 표현을 줄여야 할지도 모른다. 바보 같기만 하고 감동이라고는 눈곱만큼도 없으려나? 회고록 자체가 바보 같은지도 모른다!

무민마마가 부엌문에 서서 물었다.

"왜 그렇게 어두운 데 앉아 있어요?"

무민마마는 식료품 저장실에서 샌드위치를 몇 개 만들어 왔다.

무민파파가 말했다.

"젊었을 때 겪은 위기 부분이 바보 같군요."

무민마마가 물었다.

"제6장이 시작되는 부분 말이에요?"

무민파파가 뭐라고 웅얼거렸다.

무민마마가 말했다.

"회고록을 통틀어 가장 좋은 부분인걸요. 당신이 허세 부리지 않는 부분도 있어야 글맛이 살죠. 아이들이 거기까지 이해하기에는 아직 너무 어려요. 당신 밤참으로 샌드위치를 좀 만들었어요. 그럼 나 먼저 잘게요."

무민마마는 계단을 올라갔다. 그때처럼 삐걱거리는 소리가 아홉 번 들렸다. 하지만 이 계단은 그때보다 훨씬 잘 만들어졌다…….

무민파파는 어둠 속에서 샌드위치를 먹었다. 그러고는 무민과 스너프킨과 스니프에게 회고록을 마저 읽어 주려고 계단을 올라갔다.

문이 아주 조금 열리더니 가느다랗고 새하얀 연기가 새어 들어 카펫에 웅크렸다. 흰 뭉치 한가운데에서 창백한 두 눈이 깜박거렸고, 나는 침대 밑에 숨어 모든 광경을 똑똑히 보았다.

"진짜 유령이야."

내가 이렇게 혼잣말했다. (계단을 올라오는 소리를 듣기보다는 유령을 보는 편이 차라리 덜 끔찍했다.) 유령 이야기에서 으레 그렇듯 방 안에 외풍이 심해지고 한기가 들었고, 갑자기 유령이 재채기를 했다.

사랑하는 독자들이여, 여러분이 어떻게 생각할지는 몰라도, 그 순간 유령을 존경했던 내 마음이 사그라져 버렸다. 나는 침대 밑에서 기어 나와 (어차피 유령은 내가 지켜보고 있다는 사실을 알아챘다.) 말했다.

"감기 조심해!"

유령이 짜증스럽게 대꾸했다.

"너나 조심해. 산길의 유령들은 이 우울한 운명의 밤을 원망한다!"

내가 물었다.

"내가 뭘 도와줄까?"

유령은 고집스럽게 이어 나갔다.

"이런 운명의 밤이면 주인을 잃은 뼈들이 바닷가에서 달그락거린다!"

내가 물었다.

"누구라고?"

유령이 말했다.

"주인을 잃은 뼈! 공포를 잊은 섬 위에서 누렇고 창백한 얼굴을 찡그린다. 조심하라, 언젠가는 반드시 죽을 존재여. 나는 13일 금요일 밤 12시에 돌아온다!"

유령은 몸을 일으켜 끔찍한 눈길로 나를 바라보더니 조금 열린 문틈으로 날아갔다. 뒤이어 뒤통수를 문틀에 쿵하고 부딪혀 "어이쿠! 아야!" 하고 소리쳤고, 계단에서 데굴데굴 세 바퀴 굴러 떨어지더니 달빛 아래로 나간 다음에야 하이에나처럼 울었다. 그러나 그때는 감명을 주기에는 너무 늦었다.

유령이 바다 위로 떠가는 안개더미가 되어 사라지는 모습을 보며 갑자기 웃음이 터졌다. 이제 개척지에 보여 줄 깜짝 행사가 준비되었다! 이제 나는 다른 누구도 엄두를 내지 못하는 끔찍한 무언가를 할 수 있게 되었다!

13일 금요일 밤 12시가 되기 조금 전에 바닷가 조타실 근처에서 개척민들을 맞이했다. 아름답고 평화로운 저녁이었다. 모래밭에 수프와 말린 빵, 독재자의 사과주(교차로마다 놓여 있는 커다란 통에서 아무나 덜어 올 수 있었다.)로 간단한 식사를 차렸다. 그릇은 검은색 자전거 페인트로 칠했고, 십자 모양으로 엇갈린 뼈 두 개를 그려 장식했다.

머들러가 말했다.

"내가 빨간색 페인트를 좀 나눠 줄 수 있었는데. 아니면 노란색이나 파란색이라도. 미안한데, 그게 더 아늑해 보이지 않았을까?"

나는 차분히 대답했다.

"내 목적은 아늑함과는 거리가 멀어. 오늘 밤 여기에서 이루 말할 수 없이 끔찍한 일이 일어날 거야. 마음 단단히 먹어."

요스터가 물었다.

"이거 생선 수프 맛이 나는데. 로치야?"

나는 짧게 대답했다.

"당근이야. 먹기나 해. 먹어치워 버려! 너한테 유령은 특별할 게 없나 보지!"

요스터가 말했다.

"아하, 유령 이야기를 하려는 거로군."

밈블의 딸이 소리쳤다.

"나는 유령 이야기가 좋아. 우리 엄마는 저녁마다 우리를 겁주려고 끔찍한 이야기를 들려줘. 계속 이야기하다가 끝에 가면 오히려 엄마가 너무 겁먹으니까 우리가 달래 주느라 밤마다 절반쯤은 잘 수가 없어. 외삼촌은 더 심해. 한 번은……."

내가 화를 내며 말을 끊었다.

"이건 심각한 일이야! 내 꼬리를 걸고 맹세해! 진짜 유령을 보게 될 거야! 진짜 유령 말이야! 그걸 만들어 낼 거야. 여기에 불러낼 거라고! 그럼 뭐라고 할래!?"

내가 의기양양하게 모두를 돌아보았다.

밈블의 딸은 손뼉을 치기 시작했지만, 머들러는 눈물이

차오르는 눈으로 속삭였다.

"안 돼! 그러지 마!"

내가 감싸 주듯 말했다.

"널 생각해서 아주 작은 유령만 불러낼게."

요스터는 먹다 말고 놀라서 나를 바라보았다. 거의 감탄하는 듯했다! 나는 목적을 이루었고, 명예와 체면을 살렸다. 그러나 사랑하는 독자들이여, 드디어 밤 12시가 다 되었을 때 내가 얼마나 긴장했는지 상상할 수 있으리라. 유령이 돌아올까? 끔찍해 보일까? 재채기하거나 쓸데없는 소리를 해서 분위기를 망치면 어떡하지?

나의 대표적인 특징 가운데 하나는 어떻게든 감탄, 동정, 공포, 또는 적어도 관심을 가질 만한 어떤 감정을 일으켜서 남들에게 감명을 주고 싶어 한다는 점이다. 힘들었던 어린 시절 때문이 아닌가 싶다.

자, 밤 12시가 거의 다 되었을 때, 나는 바위 위로 올라가 달을 향해 고개를 쳐들고 마술을 부리듯 팔을 내저으며 뼛속까지 사무칠 울음소리를 내뱉었다. 다시 말해, 유령을 불러냈다.

모두 긴장과 기대에 사로잡혀 앉아 있었고, 물처럼 맑고 비판적인 요스터의 눈에만 언뜻 불신의 빛이 비쳤다. 요스터에게 깊은 감명을 주다니, 지금 생각해도 만족스럽

다. 유령이 왔기 때문이다. 투명하고 그림자도 없는 유령이 정말 와서 주인을 잃은 뼈들과 산길의 유령 이야기를 시작했다.

머들러는 소리 지르며 모래에 머리를 파묻었다. 그러나 밈블의 딸은 곧장 유령 앞으로 가더니, 손을 내밀며 말했다.

"안녕! 진짜 유령을 만나게 되다니, 정말 반가워. 수프 좀 줄까?"

밈블들은 어디로 튈지 도대체 알 수가 없다!

유령은 물론 기가 죽었다. 너무 당황한 나머지 몸이 쪼그라들며 작아졌다. 가엾은 유령이 슬픔에 잠겨 연기 속으로 천천히 사라져 가자 요스터가 웃기 시작했는데, 유령도 그 웃음소리를 들었으리라. 그렇다. 밤을 망쳤다.

그러나 눈치 없는 개척민들이 저지른 경솔한 행동은 비싼 대가를 치렀다. 그 뒤 한 주는 말도 못할 정도였다. 우리 모두 밤마다 잠 한숨 못 잤다. 쇠사슬을 찾아낸 유령은 새벽 4시까지 달그락거렸다. 부엉이와 하이에나의 울음소리에 질질 끄는 발소리와 방문을 똑똑 두드리는 소리도 들렸고, 살림살이들은 이리저리 끌려 다닌 통에 망가져 버렸다.

개척민들은 투덜거렸다.

요스터가 말했다.

"네 유령을 쫓아내. 밤에 잠 좀 자자."

나는 진지하게 설명했다.

"안 돼. 일단 유령을 불러냈으면 견뎌야 해."

요스터가 비난하듯 말했다.

"머들러가 울고 있어. 유령이 머들러의 통에 해골을 그려 넣고 그 밑에 '독'이라고 써 놓은 바람에 머들러는 지금 완전히 넋이 나가서 커피가 독이라면 두 번 다시 마시지 않겠대!"

내가 말했다.

"정말 유치한 짓을 했네."

요스터가 이어 말했다.

"그래. 호지스도 화났어! 네 유령이 바다 관현악단을 경고문으로 도배를 해 놓은 것도 모자라서 용수철까지 자꾸 잡아당긴대!"

내가 흥분해서 소리쳤다.

"그 정도라면 우리가 뭔가를 해야겠어! 지금 당장!"

나는 급히 편지를 써서 조타실 문에 붙였다. 내용은 다음과 같다.

존경하는 유령님!

몇 가지 안건이 있어, 오는 금요일 해가 지기 전에 유령 회의를 열 예정입니다. 불만 사항이 있으면 모두 참고하겠습니다.

왕립 무법 개척지 배상

추신 : 쇠사슬 지참 불가

나는 '왕립'이라고 쓸지, '무법'이라고 쓸지 한참 고민했다. 결국 둘 다 쓰기로 했다. 어쩐지 예쁘게 균형 잡혀 보였다.

유령은 양피지에 빨간 페인트로 회신을 보내 왔다. (양피지는 호지스의 낡은 비옷 조각으로 밝혀졌고, 밈블의 빵 칼에 꽂혀 문에 붙어 있었다.)

나의 작은 유령이 쓰노니, 운명의 순간이 다가온다. 금요일, 그러나 죽음의 개가 사막에서 외로이 울부짖는 자정이다! 하잘것없는 벌레 같은 녀석들아, 너희의 운명이 무덤 벽에 피로 적혀 있으니 보이지 않는 자의 무거운 발걸음으로 울리는 땅속에 주둥이를 숨겨라. 내가 원하면 쇠사슬은 가져간다.

가장 끔찍한 유령이

요스터가 말했다.
"그렇군. 유령은 운명이라는 말을 좋아하나 봐."
내가 엄하게 말했다.
"이번에는 웃지 마. 아무것도 존중할 줄 모르니까 이렇게 됐잖아!"

호지스를 유령 회의에 초대하려고 머들러를 보냈다. 물론 내가 직접 갈 수도 있었지만 호지스가 내게 한 말이 떠올랐다. "완성되기 전에는 보여 줄 수 없어. 넌 너무 일찍 왔어. 내가 좀 바쁘거든." 딱 이렇게, 친절하면서도 엄청나게 거리감이 느껴지는 목소리로.

딱 12시가 되자, 유령은 둔탁하게 세 번 울부짖으며 도착을 알렸다.

"내가 왔도다!"

유령은 흉내를 낼 수 없는 독특한 말투로 말했다.

"벌벌 떨어라, 언젠가는 반드시 죽을 존재여. 주인을 잃은 뼈들의 복수가 다가온다!"

요스터가 말했다.

"반가워. 그런데 너는 왜 볼 때마다 그 오래된 뼈 이야기를 하는 거야? 누구의 뼈인데 그래? 왜 직접 해결하지 않아?"

나는 요스터의 다리를 걷어찬 다음 정중하게 말했다.

"산길의 유령님, 환영합니다! 별일은 없으시죠? 공포를 잊은 바닷가 위에서 누렇고 창백한 얼굴을 찡그리네요."

유령이 화내며 소리쳤다.

"내 대사를 가로채지 마! 나 말고 아무도 그렇게 말하면 안 돼!"

호지스가 말했다.

"이제 내 말 좀 들어 봐. 우리가 편히 자게 해 줄 수 없어? 다른 이들을 겁주라고. 응?"

시무룩해진 유령이 말했다.

"다들 내가 너무 익숙해져서 그래. 하다못해 부블 에드워드도 날 무서워하지 않아."

머들러가 소리쳤다.

"나는 겁먹었어! 아직도 무서워!"

"정말 착하군."

유령은 이렇게 말하더니, 얼른 덧붙였다.

"버려진 해골 더미가 얼음장 같이 푸른 달빛 아래에서 울부짖는다!"

호지스가 친절하게 말했다.

"착한 유령, 너한테는 어딘가 좀 부족한 부분이 있는 것 같아. 내 말 들어 봐. 네가 다른 데로 가겠다고 약속하면, 남들을 겁줄 새로운 방법을 알려 줄게. 어때?"

밈블의 딸이 소리쳤다.

"호지스는 끔찍한 걸 정말 많이 알아! 인이랑 양철로 뭘 만들어 낼지 꿈에도 모를걸! 부블 에드워드를 무서워 죽을 지경으로 만들 수도 있어!"

내가 덧붙였다.

"독재자도."

유령은 호지스를 바라보며 망설였다.

호지스가 말했다.

"경적을 만들어 줄까? 나무진액을 바른 실로 유령 마법을 부릴 줄은 알아?"

유령이 흥미로워하며 물었다.

"아니. 어떻게 하는데?"

호지스가 설명했다.

"재봉틀을 돌릴 때 쓰는 실이 필요해. 두꺼운 걸로. 가장 두껍게는 20호. 실을 창틀에 붙이고 바깥에 서서 나무진액으로 문지르는 거지. 그럼 끔찍한 울음소리가 나."

호지스의 발밑에 몸을 웅크린 유령이 소리쳤다.

"내 악령의 눈을 걸고 말하는데, 너 진짜 재미있다. 뼈대도 구해 줄 수 있어? 아까 양철이랬지? 그건 있어. 어떻게 쓰면 돼?"

호지스는 아침이 밝을 때까지 그 자리에 앉아 어떻게 겁을 주는지 설명하며 모래에 장치 그림을 그렸다. 호지스는 틀림없이 이 유치한 일을 아주 좋아했다.

아침이 되자 호지스는 깜짝 공원으로 돌아갔고, 유령은 공포의 섬의 공포라는 명예로운 이름으로 왕립 무법 개척지의 일원이 되었다.

내가 말했다.

"있지, 나랑 같이 살래? 내가 조금 외로워서. 물론 널 딱히 무서워하지는 않지만, 밤에는 가끔 제법 무섭기도 하고……."

"지옥의 개를 모두 걸고 말하건대."

이렇게 말을 시작한 유령은 점점 창백해졌다. 그러나 이윽고 마음을 가라앉히고 입을 열었다.

"그래, 좋아. 너 정말 친절하구나."

나는 유령을 위해 설탕 상자를 새까맣게 칠하고, 가장자리에는 십자 모양으로 엇갈려 놓은 뼈 그림으로 무늬를 넣어 아늑함을 더한 잠자리를 마련해 주었다. 밥그릇에는 '독'이라고 썼다. (머들러가 아주 만족하도록.)

유령이 말했다.

"너무 아늑해. 밤 12시쯤 조금 달그락거려도 괜찮을까? 그게 너무 익숙해서."

내가 말했다.

"그래, 그냥 달그락거려. 하지만 5분 넘게 하면 안 되고, 해포석으로 만든 전차도 깨먹지 마. 아주 소중한 물건이니까."

유령이 말했다.

"좋아, 5분. 하지만 하짓날 밤은 장담 못 해."

제7장

이 장에서는 새로워진 바다 관현악단의
훌륭한 공개식과 모험 가득한 깊은 바다 속으로
시험 잠수한 상황을 묘사한다

하짓날 밤이 왔다가 갔고, (그때 밈블의 막내딸이 태어났는데, 이름을 '미이'라고 지었다. '세상 가장 작은 존재'라는 뜻이다.) 피었던 꽃들은 사과나 다른 맛있는 열매가 되었다가 먹혔고, 나는 어쩌다 보니 위험천만하게도 일상에 빠져들어 조타실 함교에 금잔화를 심고, 머들러와 왕과 함께 단추 놀이를 할 정도가 되었다.

아무 일도 일어나지 않았다. 유령은 타일 난로 구석에

앉아 뜨개질하며 목도리와 양말을 짰다. 예민한 유령들이 마음을 가라앉히기에 알맞은 일이다. 처음에 유령은 국민들을 겁주는 데 성공해서 무척 행복했지만, 국민들이 겁먹길 좋아한다는 사실을 알고는 그만두었다.

밈블의 딸은 거짓말이 점점 더 심해졌고, 나는 번번이 속아 넘어갔다. 한 번은 부블 에드워드가 실수로 왕을 밟아 죽였다고까지 했다! 안타깝게도 나는 남들이 하는 말을 늘 진짜라고 믿기 때문에 나를 속이거나 놀림감으로 만들고 재미있어 할 때마다 무척 속상하다. 나는 심지어 내가 과장한 것도 다 믿어 버린다!

부블 에드워드는 가끔 와서 바닷가 근처 물속에 앉아 습관적으로 우리에게 호통을 쳤다. 대거리는 요스터가 했지만, 그때 말고는 먹고, 자고, 햇볕을 쬐고, 밈블과 웃고, 나무를 탈 뿐 요스터는 아무것도 하지 않았다. 처음에는 돌담을 타고 오르기도 했지만, 금지된 일이 아니라는 사실을 알고 나서는 금세 싫증을 냈다. 그래도 요스터는 아주 만족스럽다고 우겼다.

나는 때때로 해티패티들이 바다로 나가는 모습을 보았고, 그런 날이면 하루 종일 우울했다.

시간이 갈수록 점점 더 불안해져 갔고, 그래서 훗날 나는 규칙적이고 아무 일도 일어나지 않는 삶에 갑자기 진저리를 치며 이른바 달아나게 되었다.

  그 즈음, 드디어 그 일이 일어났다.

  호지스가 선장 모자를 쓰고 조타실 문 앞에 나타났다. 이제 모자에는 금박을 입힌 작은 날개 장식이 달려 있었다!

  나는 계단을 뛰어 내려가며 소리쳤다.

"호지스! 왔구나! 그걸 날 수 있게 한 거지!"

  호지스는 귀를 흔들며 고개를 끄덕였다.

  나는 가슴이 벅차올라 물었다.

"누가 또 알고 있어?"

  호지스는 고개를 저었다. 그 순간, 나는 다시 모험가가 되었고, 다시 열정이 샘솟았고, 나는 크고 강하고 멋졌다! 호지스가 발명품이 완성되었다는 사실을 나에게 가장 먼저 이야기하러 오다니! 독재자조차 아직 모르고 있었다.

  내가 소리쳤다.

"빨리! 빨리! 짐을 싸자! 금잔화는 쥐 버려야지! 집도 쥐 버리고! 아, 호지스. 기발한 생각과 기대감 때문에 가슴이 터질 것만 같아!"

  호지스가 말했다.

"좋아. 하지만 우선 발명품 공개식과 시험 비행부터 해야 해. 축제 없이 독재자를 떠날 수는 없어."

시험 비행은 그날 오후에 했다. 새로워진 강배가 빨간 덮개에 덮인 채 독재자의 왕좌 앞 받침대 위에 놓여 있었다.

딱딱거리는 소리를 내며 뜨개질하던 유령이 말했다.

"축제에는 검은색이 더 잘 어울렸을 텐데. 아니면 한밤중 안개 같은 잿빛 덮개나. 공포의 색깔이란 바로 그런 거잖아."

아이들을 모조리 데려온 밈블이 말했다.

"도대체 뭐라는 거니. 사랑하는 우리 딸, 잘 지냈니? 얼마 전에 낳은 막내 여동생은 봤어?"

밈블의 딸이 말했다.

"엄마, 동생을 또 낳으셨나 보네요. 동생들한테 언니는 개척지의 공주고, 하늘을 나는 강배로 달을 일주할 거라고 전해 주세요!"

여동생들이 무릎을 굽혀 인사하고 가만히 쳐다보았다.

호지스는 덮개 밑으로 기어 들어가서 아무 문제가 없는지 계속 확인하고 있었다.

호지스가 중얼거렸다.

"배기관이 이상해. 요스터, 배로 가서 커다란 송풍기를 틀어 줘."

잠시 뒤, 커다란 송풍기가 돌아가기 시작했다. 그 순간 배기관에서 날아온 죽 한 덩이가 곧장 호지스의 눈으로 들어갔다.

호지스가 말했다.

"문제가 생겼어. 귀리죽이잖아!"

밈블의 아이들이 우스워하며 소리를 질렀다.

머들러가 울먹이며 소리쳤다.

"미안해. 내가 아침 먹고 남은 걸 찻주전자에 붓기는 했는데, 배기관은 아니었어!"

독재자가 물었다.

"어떤가? 짐이 위대한 축하 연설을 시작해도 괜찮겠나, 아니면 다른 할 일이 남았나?"

밈블이 아주 기뻐하며 설명했다.

"그건 우리 막내딸 미이가 한 일이야. 정말 개성이 넘치는 애라니까! 배기관에 죽을 부을 생각을 하다니! 별일이 다 있네!"

호지스가 조금 뻣뻣하게 말했다.

"아주머니, 너무 심각하게 생각하실 필요는 없어요."

왕이 물었다.

"짐이 시작해도 되겠나, 아직 아닌가?"

내가 말했다.

"시작하시지요, 폐하."

경적이 그치자, 자발적인 헤물렌 악단이 다가왔고, 독재자는 국민들이 환호하는 가운데 왕좌에 올랐다.

주위가 조용해지자, 독재자가 말했다.

"짐의 바보 같고 늙은 국민들이여! 이제 그대들에게 뜻깊은 몇 마디 이야기를 할 좋은 기회가 왔다. 놀라운 것을 만들어 내는 왕실 발명가 호지스를 보라. 그의 가장 위대한 발명품이 오늘 덮개를 벗고 땅과 물과 하늘을 돌아다니게 될 것이다! 너희가 구멍 속에서 분주하게 움직이고, 갉아먹고 뒤지고, 허드렛일하고, 쓸데없는 소리를 지껄일 때 이 대담한 생각의 결과물을 떠올려 보라. 이 비참하고 불운하며 깊이 사랑하는 국민들아, 짐은 여전히 너희에게 위대한 업적을 기대한다. 짐의 언덕 위에 광휘와 명예를 조금이라도 퍼뜨리기 위해 노력하라. 불가하다면 오늘의 영웅에게 만세라도 불러라!"

그러자 국민들은 땅이 흔들릴 만큼 환호했다.

헤물렌들은 왕의 기념 왈츠를 연주하기 시작했고, 호지스는 쏟아지는 장미와 일본 진주를 맞으며 걸어 나가 끈을 잡아 당겼다.

"세상에, 이런 순간이 오다니!"

덮개가 바다 관현악단에서 미끄러져 내려갔다.

그러나 바다 관현악단은 우리의 낡은 강배가 아니라 날개 달린 쇳덩어리였고, 낯설고 이상한 기계였다! 맥이 빠

졌다. 그런데 그때 갑자기 새로워진 강배가 마음에 쏙 들 만한 부분이 보였다. 군청색으로 이름이 적혀 있었는데, 여전히 바다 관현악단이었다!

이제 자발적인 헤물렌 악단이 독재자의 찬가를 연주하기 시작했고, "자, 이제 모두 깜짝 놀랄걸. 하하."라는 후렴구가 나오자 밈블은 감동을 받은 나머지 눈물까지 흘렸다.

호지스는 모자를 귀까지 눌러쓴 다음, 왕립 무법 개척민들을 이끌고 (여전히 쏟아지고 있는 장미와 일본 진주를 맞아 가며) 배에 올랐다. 바다 관현악단은 밈블의 아이들로 금세 가득 찼다.

갑자기 머들러가 다리로 냅다 뛰어 돌아가며 소리쳤다.

"미안해! 안 되겠어. 엄두가 안 나! 하늘 높이 날아오른다니! 틀림없이 또 멀미가 날 거야!"

머들러는 군중 속으로 쏜살같이 사라져 버렸다.

그때, 기계가 윙윙거리며 작동하기 시작했다. 문은 닫혔고 나사는 조여졌으며, 바다 관현악단은 머뭇거리며 받침대 위에서 몸을 앞뒤로 흔들었다. 그리고 다음 순간, 아주 세차게 뛰어오르는 바람에 나는 뒤로 나자빠졌다.

창밖을 내다볼 용기가 생겼을 때, 이미 우리는 깜짝 공원의 나무 꼭대기 위를 높이 떠다니고 있었다.

요스터가 소리쳤다.

"날고 있어! 날고 있다고!"

땅 위를 날아다닐 때 내 마음속을 가득 채웠던 독특한 감정은 말로 표현할 수가 없다. 그러나 말하자면, 아무도 알 수 없는 운명이 내게 선물한 몸은 아주 만족스럽지만 사실 날기에는 알맞다고 할 수는 없었다. 그런데 너무 갑자기 이제 내가 제비처럼 가볍고 우아해진 느낌이었고, 세상 아무 걱정거리도 없었으며, 번개처럼 빠르고 아무도 나를 이길 수 없었다. 무엇보다 비할 데 없는 즐거움은 땅바닥에서 어슬렁거리거나 공포가 뒤섞인 경탄으로 나를 쳐다보는 이들을 내려다보는 데 있었다. 정말이지 황홀한 순간이었지만, 안타깝게도 너무 짧았다.

바다 관현악단은 완만한 곡선을 그리며 독재자의 앞바다에 내려앉았고, 옆구리에 하얀 거품 수염을 일으키며 수면을 미끄러져 갔다.

내가 소리쳤다.

"호지스! 날아오르자!"

호지스는 새파란 눈으로 나를 바라보기는 했지만 그 안에는 내가 없었고, 남모를 승리감으로 온몸이 빛나고 있었으며, 우리는 안중에도 없었다. 그리고 그때, 호지스는 바다 관현악단을 바다 속으로 잠수하게 했다. 배는 투명한 초록빛으로 가득 찼고, 거품 떼가 창문을 재빨리 스쳐 지나갔다.

미이가 말했다.

"이제 큰일 났어."

나는 창문에 얼굴을 대고 바다 속을 보았다. 바다 관현악단의 한가운데를 빙 둘러 불이 켜졌다. 파르르 떨리는 희미한 불빛이 어둠 속을 비추었다.

나는 떨렸다. 주위에는 초록빛 어둠뿐이었고, 우리는 영원한 밤과 끝없이 텅 빈 곳을 떠다녔다. 호지스가 엔진을 끄자, 우리는 소리 없이 점점 더 깊이 잠겨 들었다. 아무도 입을 열지 않았고, 우리는 사실 조금 무서웠다.

그러나 호지스의 귀는 기뻐서 쫑긋 서 있었고, 나는 호지스가 은색 지느러미 두 개로 장식된 선장 모자로 바꿔 쓰는 모습을 보았다.

어마어마한 고요 속에서 나는 점점 더 크고 강렬해지는 속삭임을 들었다. 수천 가지 목소리가 공포에 질려 딱 한마디만 반복해서 속삭이고 있는 듯했다.

"바닷개, 바닷개, 바닷개……."

사랑하는 독자들이여, 잠시 바닷개라는 말을 속삭여 보라. 경고하듯이 아주 천천히. 아주 끔찍하다!

이제 작지만 셀 수 없이 많은 그림자가 어둠 속을 헤치고 다가오는 모습이 보였다. 머리에 작은 등이 달린 물고기와 바다뱀이었다.

밈블이 물었다.

"왜 등을 켜지 않았지?"

밈블의 딸이 말했다.

"건전지가 다 닳았나 보죠. 엄마, 바닷개가 뭐예요?"

물고기들이 바다 관현악단에 관심을 갖고 가까이 다가왔다. 가라앉고 있는 배 주위로 물고기들이 빽빽이 모여들었고, 공포에 질린 속삭임도 계속 들려왔다.

"바닷개! 바닷개!"

요스터가 말했다.

"여기 뭔가 이상해. 감이 와! 물고기들이 등을 켤 엄두를 못 내고 있나 봐! 자기 머리에 달린 등을 켜지 말라는 금지는 말도 안 돼!"

밈블의 딸이 기대에 부풀어 얼굴을 빛내며 속삭였다.

"바닷개가 못 켜게 했나 봐. 휴대용 석유난로를 켤 엄두를 못 내던 이모가 있었는데, 왜 그랬냐면 이모가 처음 켰을 때 난로가 통째로 공중으로 날아갔고, 이모도 같이 날아가 버렸거든!"

미이가 말했다.

"우리 이제 홀랑 타겠다."

물고기들은 더욱더 가까이 다가왔다. 튼튼한 벽처럼 바다 관현악단을 둘러싼 물고기들은 우리 불빛을 바라보고 있었다.

내가 물었다.

"물고기들은 말을 못 해?"

그때 호지스가 무선 수신기를 켰다. 잠깐 지지직거리더니 수천 가지 목소리가 똑같이 울부짖는 소리가 들려왔다.

"바닷개, 바닷개! 바닷개가 다가와, 다가와, 다가와……. 불 꺼! 불 꺼! 잡아먹힐 거야……. 불쌍한 고래야, 너는 몇 와트니?"

유령이 고마워하며 말했다.

"깜깜해야 한다면 깜깜해지면 돼. 운명의 밤이 묘지를 베일로 뒤덮으리라. 시커먼 항구가 외로움에 울부짖으리라."

호지스가 말했다.

"쉬잇, 무슨 소리가 들려……."

우리 모두 들었다. 저 멀리 어디선가 심장 박동처럼 가만가만 쿵쿵거리는 발소리, 아니 누군가 크고 느리게 풀쩍풀쩍 뛰어오는 듯한 발소리가 들려왔다. 순식간에 물고기들이 모조리 사라져 버렸다.

미이가 말했다.

"우리 이제 잡아먹히겠다."

밈블이 말했다.

"애들을 재워야겠네. 모두 침대로!"

밈블의 아이들은 빙 둘러서서 서로 도와 앞에 있는 아이의 등에 달린 단추를 풀었다.

밈블이 말했다.

"오늘은 너희 스스로 세도록 하렴. 난 집중을 못 하겠구나."

아이들이 소리쳤다.

"그럼 우리한테 이야기 읽어 줄 거예요?!"

밈블이 말했다.

"그래. 지난번에 어디까지 읽었지?"

아이들이 입을 모아 큰 소리로 말했다.

"트위그스— 경감은— 피투성이— 애꾸눈— 밥이— 저지른— 짓이— 틀림없다고— 말하며— 살해된— 자의— 귀에서— 3인치짜리— 못을— 꺼냈다—."

밈블이 말했다.

"좋아, 좋아. 이제 좀 서두르자꾸나……."

쿵쿵거리는 이상한 소리가 훨씬 더 가까이에서 들려왔다. 바다 관현악단은 불안하게 흔들렸고, 수신기는 고양이처럼 쉭쉭거리는 소리를 냈다. 뒷목의 털이 곤두서서 내가 크게 소리쳤다.

"호지스! 불을 꺼!"

캄캄해지기 바로 전에 우리는 바람이 불어드는 쪽에서 바닷개를 언뜻 보았는데, 말할 수 없을 만큼 끔찍했다. 우리가 괴물의 모습을 어렴풋이 보았기 때문이리라. 어둠 속에서 상상해 본 나머지 모습은 훨씬 더 끔찍했다.

호지스는 기계를 작동시켰지만, 충격이 너무 컸는지 배를 제대로 조종하지 못했다. 바다 관현악단은 수면으로 올라가는 대신, 바다 밑바닥으로 빠르게 가라앉았다.

바다 관현악단은 바다 밑바닥에 닿자마자 무한궤도를 이용해 모래 바닥을 기어가기 시작했다. 해초가 팔을 뻗어 더듬기라도 하듯 창문을 미끄러져 지나갔다. 고요한 어둠 속에서 우리는 바닷개가 숨을 헐떡거리는 소리를 들었다. 이제 해초 속에서 잿빛 그림자처럼 모습을 드러낸 바닷개는 노란 눈에서 빛줄기를 내쏘며 탐조등처럼 바다 관현악단의 옆구리를 훑었다.

밈블이 아이들에게 소리쳤다.

"모두 이불 속으로 들어가! 내가 말할 때까지 밖으로 나오면 안 돼!"

배 뒤쪽에서 무엇인가가 부서지는 몹쓸 소리가 들려왔는데, 바닷개가 키부터 시작한 것이었다.

그때 바다가 요동을 치기 시작했다. 바다 관현악단은 번쩍 들리더니 뒤로 내동댕이쳐졌고, 머리카락 같은 해초는 바다 밑바닥에서 물결쳤고, 물은 욕실 수도꼭지처럼 좌르르 흘러내렸다. 우리는 데굴데굴 나뒹굴었고, 찬장 문이

열렸고, 그릇이 쏟아지며 귀리와 밀과 쌀알과 함께 춤을 추었고, 밈블의 아이들이 벗어 놓은 신발과 유령의 뜨개질바늘과 요스터의 담배통이 쏟아져 나왔고, 정말이지 처참했다. 그리고 어두운 바다에서 들려온 울음소리에 모두 꼬리털이 바짝 곤두섰다.

이윽고 조용해졌다. 으스스하게 조용했다.

밈블이 진심 어린 목소리로 설명했다.

"나는 날아오르는 게 좋아. 하지만 잠수는 안 되겠어. 우리 애들이 몇이나 남았지? 사랑하는 우리 딸, 아이들 좀 세어 보렴!"

그러나 밈블의 딸이 겨우 헤아리기 시작했을 때, 무시무시한 목소리가 고함을 쳤다.

"오호, 그래! 여기 있었군. 그로크가 처먹을 녀석들! 머리에 구멍이 700개나 난 놈들 같으니! 바다 속에 숨을 수 있을 줄 알았어? 나한테는 안 돼! 네 녀석들은 나한테 작별 인사하는 걸 번번이 잊는데, 나한테 그러면 안 된다고!"

밈블이 물었다.

"도대체 누구야?"

"맞출 기회를 세 번 드리죠."

요스터가 이렇게 말하고 씩 웃었다.

호지스가 불을 켜자, 부블 에드워드가 물속에 머리를 처

박고 창문으로 우리를 들여다보는 모습이 보였다. 우리는 최대한 아무렇지 않은 표정으로 부블 에드워드를 쳐다보았고, 동시에 배 주위를 이리저리 떠다니는 조각난 바닷개도 보았다. 짧은 꼬리와 짧은 콧수염이 보였지만 거의 대부분은 뭉개져 있었는데, 부블 에드워드가 실수로 밟아 납작해졌기 때문이었다.

호지스가 소리쳤다.

"에드워드! 사랑하는 우리 친구!"

내가 말했다.

"이 은혜는 영원히 잊지 않을게요. 마지막 순간에 아저씨가 우리를 구했어요!"

밈블이 감동의 눈물을 흘리며 소리쳤다.

"애들아, 아저씨한테 뽀뽀해 주렴."

부블 에드워드가 말했다.

"도대체 무슨 소리야? 애들은 밖으로 못 나오게 해. 녀석들이 내 귓속으로 들어올지도 몰라. 너희는 날이 갈수록 더하는군! 조만간 먹고살 수 없게 될 걸. 네 녀석들을 찾느라 내 발가락은 닳아빠질 지경인데, 번번이 도망만 치려고 작당을 하다니!"

요스터가 소리쳤다.

"네가 바닷개를 밟아 죽였어!"

부블 에드워드가 놀라 소리쳤다.

"뭐라고? 내가 또 누굴 밟아 죽였다고? 어쩔 수 없었어. 믿어 줘! 지금 당장은 장례식을 치러 줄 돈도 없는데……."

그러다 갑자기 화를 내며 소리쳤다.

"아니지, 네 녀석들의 늙은 개를 왜 내 발밑에서 날뛰게 내버려 뒀어? 너희 탓이야!"

그러더니 부블 에드워드는 무척 속상한 듯 바다를 헤치며 돌아가기 시작했다. 잠시 뒤, 부블 에드워드가 돌아서서 소리쳤다.

"내일 아침 일찍 커피를 마시러 돌아올 거야! 커피는 아주 진하게 준비해 둬!"

갑자기 온 바다 밑이 환히 빛나며 무슨 일이 다시 일어나기 시작했다.

미이가 말했다.

"우리 이제 진짜 홀랑 타겠다."

물고기 수억만 마리가 등, 손전등, 방풍 전등, 백열등, 카바이드등에 불을 켠 채 곳곳에서 헤엄쳐 왔다. 어떤 물고기는 양쪽 귀에 촛대가 있었고, 모두 기쁘고 고마워 어쩔 줄 몰라 했다.

보랏빛, 붉은빛 그리고 불꽃같은 주홍빛 말미잘들 때문에 방금 전까지 음산했던 바다가 푸른 풀밭의 무지개처럼 빛났고, 바다뱀들은 기뻐서 물구나무를 섰다.

집으로 돌아가는 길은 정말 즐거웠다. 우리는 바다 여기저기를 항해했고, 창문을 춤추듯 스치고 지나가는 게 바다 불빛인지 별빛인지도 알 수 없었다.

새벽녘이 되어서야 독재자의 섬으로 다시 향하기 시작했고, 그때 우리는 모두 꽤 피곤하고 졸렸다.

아주 확대한 미이

제8장

이 장에서는 머들러의 결혼식을 상세히 설명하고,
무민마마와 만난 극적인 순간을 가볍게 언급하며
내 회고록을 의미심장하게 끝맺는다

바닷가에서 10해리쯤 떨어진 곳에서 깃발로 조난 신호를 보내는 거룻배가 보였다.

내가 충격을 받아 소리쳤다.

"독재자야. 이렇게 이른 아침부터 섬에 혁명이라도 일어났을까?"

(그러나 왕의 국민들이 그런 부류는 아닌 듯했다.)

호지스가 전속력으로 나아가며 말했다.

"혁명? 머들러만 무사하면 좋겠어."

우리가 왕의 거룻배 옆에서 속력을 줄이자 밈블이 소리쳤다.

"잘 지냈어요?"

독재자가 말했다.

"잘 지냈느냐고? 잘 지냈네! 다 잘 지냈고말고. 그러니까 내 말은, 모조리 엉망진창이라고! 모두 지금 당장 집으로 돌아가게!"

유령이 기대에 부풀어 물었다.

"주인을 잃은 뼈들이 드디어 복수하기 시작했나요?"

왕이 배에 올라타며 숨을 헐떡거렸다.

"너희의 그 작은 머들러가 일을 냈지. (누가 내 배를 챙겨 주게.) 짐은 국민들을 눈곱만큼도 믿지 않기에 몸소 너희를 찾아왔네."

요스터가 불쑥 끼어들었다.

"머들러가요?!"

왕이 말했다.

"그래, 바로 그 머들러가 말일세. 짐은 결혼식을 좋아하네만, 니블링 7천 마리와 화난 헤물렌을 나의 왕국에 들일 수는 없네!"

밈블이 흥미로워하며 물었다.

"누가 결혼하는데요?"

독재자가 대답했다.

"짐이 이미 말했잖은가! 머들러라고!"

호지스가 말했다.

"그럴 리가요."

독재자가 마음 졸이며 말했다.

"진짜일세, 진짜. 진짜란 말일세. 머들러가 당장 결혼할 걸세! 어느 퍼지랑. (속력 좀 높이게.) 그러니까 그 둘이 첫눈에 반해서 단추도 나눠 갖고, 계속 바보 같이 굴면서 사방팔방 뛰어다녔다네. 그러더니 이제 헤물렌이랑 (잡아먹혔다고 들었네만) 니블링 7천 마리한테 전보를 보내서 몽땅 결혼식에 초대했지. 그들이 몰려와서 내 왕국을 온통 헤집어 놓지 않는다면 짐이 왕관을 먹겠네! 누가 짐에게 와인 한 잔 주게."

내가 충격을 받은 채 독재자에게 와인 잔을 건네며 물었다.

"정말로 머들러랑 퍼지가 결혼식에 헤물렌 아주머니를 초대했다고요?"

독재자가 울적하게 대답했다.

"그렇다네. 반쪽짜리 얼굴에 화까지 잔뜩 난 헤물렌을 말일세. 짐은 깜짝 행사를 사랑하지만, 짐이 몸소 준비하는 편이 좋단 말일세."

우리는 바닷가 가까이까지 갔다.

머들러가 곶의 맨 끄트머리에 서서 퍼지와 함께 우리를 기다리고 있었다. 바다 관현악단이 닻을 내렸고, 호지스는 우리를 감탄의 눈길로 바라보며 서 있는 국민들 몇몇을 향해 밧줄을 던졌다.

호지스가 말했다.

"자, 그래서?"

머들러가 소리쳤다.

"미안해! 나 결혼했어!"

퍼지가 무릎을 굽혀 인사하며 속삭였다.

"나도!"

독재자가 투덜거렸다.

"짐이 오후까지 기다리라고 말하지 않았나. 이제 혼인 잔치가 재미없어지겠군!"

머들러가 말했다.

"죄송하지만, 그렇게 오래 기다릴 수가 없었어요. 우리는 서로 너무 사랑하거든요!"

밈블이 다리를 뛰어 건너며 감격에 겨워 소리쳤다.

"이렇게 사랑스러운 아이들이 다 있다니! 축하해! 작은 퍼지가 정말 귀엽네! 얘들아, 결혼을 축하해 주렴."

미이가 말했다.

"고생길이 훤하네."

그런데 이때, 스니프가 무민파파의 이야기를 끊었다. 스니프가 벌떡 일어서서 말했다.

"잠깐만요!"

무민이 나무라듯 말했다.

"아빠가 젊었을 때 이야기를 읽어 주고 계시잖아."

스니프가 뜻밖에도 진지한 목소리로 말했다.

"우리 아빠가 젊었을 때 이야기이기도 해. 이제까지 머들러 이야기는 많이 들었지만, 퍼지 이야기는 한마디도 없었잖아요!"

무민파파가 중얼거렸다.

"내가 깜박했단다. 퍼지는 이제 나오니까……."

스니프가 소리쳤다.

"우리 엄마를 잊어버렸다고요?"

무민마마가 방문을 열고 안을 들여다보며 말했다.

"아직도 안 자니? 누가 엄마를 부르는 줄 알았는데."

스니프가 침대에서 뛰어나와 소리쳤다.

"저였어요. 상상 좀 해 보세요! 내내 아빠들, 아빠들, 또 아빠들 이야기만 듣다가 갑자기 한마디 귀띔도 없이 엄마도 있었다는 사실을 알게 됐다고요!"

무민마마가 놀라서 말했다.

"하지만 자연스러운 일이잖니. 내가 알기로 퍼지는 단추 수집품을 많이 가진 아주 대단한 엄마였단다."

스니프가 무민파파를 똑바로 보며 말했다.

"정말이에요?"

무민파파가 고개를 끄덕였다.

"다른 수집품도 많았지! 돌, 조개껍질, 유리구슬, 네가 갖고 싶어 하는 모든 걸 갖고 있었지! 퍼지는 놀라움 그 자체였단다."

스니프는 생각에 잠겼다.

스너프킨이 말했다.

"엄마들 이야기가 나와서 말인데요. 그 밈블이랑 도대체 어떻게 됐어요? 제 엄마예요?"

무민파파가 말했다.

"물론이지! 아주 유쾌하기까지 했단다."

스너프킨이 놀라서 소리쳤다.

"그럼 미이가 내 가족이네요."

무민파파가 말했다.

"그렇고말고! 하지만 이제 내 말은 끊지 마라. 이건 내 회고록이지, 무슨 뿌리 찾기 같은 게 아니니까."

무민이 물었다.

"이제 아빠가 계속 읽어도 돼?"

스니프와 스너프킨이 말했다.

"그래, 좋아."

"고맙구나!"

무민파파가 이렇게 말한 다음, 마음 놓고 계속 읽어 내려갔다.

머들러와 퍼지는 하루 종일 결혼 선물을 받았다. 마침내 커피 통이 가득 차자, 그 뒤에는 단추, 돌, 조개껍질, 서랍장 문고리 그리고 기타 등등을 (일일이 말할 수가 없다.) 바위 위에 쌓아 올렸다.

머들러는 선물 더미 위에 앉아 퍼지의 손을 잡고 기뻐서 어쩔 줄 몰랐다.

머들러가 말했다.

"결혼하니까 엄청 재미있어."

호지스가 말했다.

"그렇겠지. 그나저나 이제 얘기 좀 해 봐. 헤물렌 아주머니를 꼭 불러야 했어? 니블링들까지?"

머들러가 말했다.

"미안하지만, 니블링들은 불러 주지 않았으면 서운해했을 거야."

내가 소리쳤다.

"그럼 헤물렌 아주머니는! 헤물렌 아주머니는!"

머들러가 진심 어린 목소리로 말했다.

"다들 알겠지만, 사실 나도 헤물렌 아주머니가 별로 보고 싶지는 않아. 하지만 미안해! 양심에 걸려! 누가 헤물렌 아주머니를 잡아먹어 버렸으면 좋겠다고 말했던 건 나였잖아!"

호지스가 말했다.

"흠, 글쎄. 그럴 수도 있겠어."

정기선이 도착할 시간이 되자, 곶과 언덕과 바닷가는 독재자의 국민들로 발 디딜 틈이 없었다. 독재자는 가장 높은 언덕에 쳐 놓은 천막 아래 왕좌에 앉아서 자발적인 헤물렌 악단에게 언제든 신호를 내릴 준비가 되어 있었다.

머들러와 퍼지는 백조 모양으로 특별히 꾸민 배에 자리잡고 있었다.

헤물렌 아주머니의 성격이 어떤지 온 땅에 소문이 나서 모두 흥분을 감추지 못했고 불안해했다. 니블링들이 왕국을 파내고 깜짝 공원의 나무를 모두 먹어치우지는 않을지 걱정하기도 했다. 하지만 양심의 가책도 느끼지 않고 단추를 나눠 갖고 갓 결혼한 신혼부부에게는 아무도 이 이야기를 꺼내지 않았다.

퍼지에게 줄 해골 무늬 찻주전자 모자를 짜던 유령이 물었다.

"인이나 나무 진액을 바른 실로 헤물렌 아주머니를 겁주면 도망가지 않을까?"

나는 울적하게 대답했다.

"절대 안 그럴걸."

요스터가 예측했다.

"헤물렌 아주머니는 또 교육적인 놀이를 하려고 들겠지. 우리가 겨울잠도 못 자게 깨워 놓고 억지로 스키를 타게 할지도 몰라."

밈블의 딸이 물었다.

"스키가 뭔데?"

호지스가 설명했다.

"눈이라는 것 위에서 발을 끄는 거야."

밈블이 겁을 먹고 소리쳤다.

"세상에! 너무 끔찍해!"

미이가 말했다.

"우리 이제 몽땅 죽겠네."

그때 군중 사이로 겁먹은 웅성거림이 퍼졌다. 정기선이 다가왔다.

자발적인 헤물렌 악단이 〈바보 같은 우리 국민을 보호해 주오〉라는 찬가를 연주하기 시작했고, 백조 모양 배가 물 위로 미끄러지듯 마중 나갔다. 밈블의 아이들 중 두엇이 흥분한 나머지 바다에 빠져 버렸고, 경적이 울리자 요스터는 분통을 터뜨리며 도망쳐 버렸다.

정기선에 거의 아무도 타지 않았다는 사실을 알게 된 다음에야 우리는 니블링 7천 마리가 탈 자리도 없었으리라는 생각이 들었다. 바닷가에 안도와 실망이 뒤섞인 목소리가 울려 퍼졌다. 바다를 향해 서둘러 나아간 백조 모양 배로 작은 니블링 혼자 뛰어내렸다.

더는 기다리지 못하고 왕좌에서 일어나 바닷가로 내려온 독재자가 말했다.

"이번에는 또 뭔가?! 니블링 하나?!"

내가 소리쳤다.

"우리랑 같이 있던 꼬마 니블링이잖아! 커다란 가방도 하나 들고 있는데!"

호지스가 말했다.

"헤물렌 아주머니는 결국 잡아먹혔나 보네."

독재자가 소리를 지르며 경적을 울렸다.

"니블링에게 길을 내어 주어라! 친선 대사다!"

군중이 옆으로 비켜서며 신혼부부와 꼬마 니블링에게 길을 터 주었다. 꼬마 니블링은 수줍게 앞으로 나와 상자를 바닥에 내려놓았다. 모서리에는 갉아먹은 흔적이 조금 남아 있었지만, 다른 곳은 멀쩡해 보였다.

독재자가 말했다.

"자, 그래서?"

꼬마 니블링이 입고 있던 나들이옷 주머니를 뒤적거리며 말했다.

"헤물렌 아주머니가 안부를 전해 달래……."

모두 조바심에 발을 굴렀다.

독재자가 소리쳤다.

"빨리빨리!"

드디어 꼬마 니블링이 구겨진 편지를 꺼내 들고, 진지하게 설명했다.

"헤물렌 아주머니가 나한테 글자 쓰는 법을 가르쳐 줬어. 글자는 거의 다 알아! 그런데 받아쓰기는 잘 못 해. 헤물렌 아주머니가 부르고, 내가 받아썼어. 헤물렌 아주머니가 이렇게 말했어."

꼬마 니블링이 숨을 고르더니 또박또박 읽어 내려가기 시작했다.

사랑하는 아이드라!
나는 내 임무를 다하지 모태다는 점 때무네 이 그를 저나며 안타깝고 떠떠타지 모탄 마으미 든다. 안타깝게도 너히 겨론시게 참서카지 모타는 나에 괴씨만 행동을 용서해 주기를 바란다. 나를 그리워해 주다니 뿌드타고 기쁘며, 겨론하기로 마으을 머근 자근 머들러를 생가카니 눈무리 아플 가린다. 사랑하는 아이드라, 나를 그로크한테서 구해 주고 사랑스러운 니블링드레게 소개해 주어 너무 고맙따. 나에 헤물렌 답지 아는 으무로 끔찌칸 진시를 말하는 거시다. 나와 니블링드른 함께 잇는 시가니 너무 즐거워 지블 나가 겨론시게 갈 수가 업따. 우리는 하루 종일 교육저긴 노리를 하며 건강에 조코 신나는 눈노리를 할 수 잇는 겨우를 기다리고 이따. 너무 실망하지 안토록 영워니 머들러의 커피 통을 장시칼 수 잇는 귀중한 선무를 보내 주마.

6999마리 니블링드리 안부를 전한다.
고맙게 생가카고 따뜨탄 안부를 전하며
헤물렌 아주머니가

언덕이 침묵에 잠겼다.
내가 물었다.
"괴씨만이 뭐야?"
꼬마 니블링이 대답했다.
"괘씸하다는 말이지 뭐야."
호지스가 조심스럽게 물었다.
"교육적인 놀이를 좋아해?"
꼬마 니블링이 말했다.
"엄청 좋아!"
나는 당황스러워 털썩 주저앉았다.
머들러가 소리쳤다.
"저기, 이제 상자 좀 열어 줘!"
 꼬마 니블링이 끈을 엄숙하게 물어뜯자, 상자 속에서 니블링들의 여왕처럼 옷을 차려입은 헤물렌 아주머니의 실물 크기 사진이 나왔다.

머들러가 소리쳤다.

"얼굴이 그대로야! 세상에, 너무 다행이야! 이렇게 기쁠 수가!"

퍼지가 말했다.

"자기야, 액자 좀 봐."

우리 모두 액자를 보고 "우와!" 하고 소리쳤다. 진짜 스페인 금으로 만들어진 액자에 모서리마다 황옥과 녹보석으로 만든 장미가 박혀 있었다. 작은 다이아몬드가 길게 한 줄로 사진을 두르고 있었다. (뒤쪽은 소박하게 터키석으로 장식되어 있었다.)

퍼지가 물었다.

"저 보석들을 파낼 수 있을까?"

머들러가 황홀하다는 듯 소리쳤다.

"당연하지! 우리 결혼 선물로 송곳을 받았잖아!"

바로 그때, 만에서 끔찍한 목소리가 들려왔다.

"그래! 머리에 구멍이 700개나 난 놈들 같으니! 내가 모닝커피를 그렇게나 기다렸는데, 이 늙은 에드워드는 아무도 생각하질 않는다 이거지!"

무민파파가 머들러의 결혼식 이야기를 들려주고 며칠이

지난 뒤, 온 가족이 베란다에 앉아 있었다. 폭풍우가 몰아치는 9월 저녁때였다. 무민마마가 모두에게 럼토디와 시럽 샌드위치를 만들어 주었고, 모두 아주 특별한 날처럼 한껏 꾸미고 앉아 있었다.

무민마마가 기대에 부풀어 말했다.

"자, 그러엄?"

무민파파가 탁한 목소리로 말했다.

"내 회고록이 오늘 완성되었단다. 결말은 아침 6시 45분에 썼지. 마지막 문장은— 그래, 알아서 판단하렴."

스너프킨이 물었다.

"그 책에 해티패티들이랑 함께했던 나쁜 생활 이야기는 전혀 안 나와요?"

무민파파가 말했다.

"그래. 교육적인 책이 될 테니까. 무슨 뜻인지 알아듣겠지?"

스니프가 소리쳤다.

"그래서일 리가 없잖아요!"

"쉿쉿."

무민마마가 얼굴이 빨개지며 말했다.

"그나저나 이제 제가 등장할 때가 되지 않았어요?"

무민파파는 럼토디를 길게 세 모금 마신 다음 말했다.

"맞아요. 무민, 잘 들으렴. 이제 끝으로 내가 네 엄마를 어떻게 만났는지 이야기할 테니까."

그러고는 공책을 펼쳐 읽기 시작했다.

가을이 왔고, 잿빛 큰비가 독재자의 섬을 끝없는 안개로 감쌌다.

나는 바다 관현악단과 함께하는 우리의 영예로운 여행이 커다란 모험의 시작일 뿐이라고 확신했다. 그러나 그렇게 되지는 않았다. 이제까지의 모험이 최고점이자, 더는 이어지지 않는 절정이었다. 호지스는 집에 돌아오자마자 그리고 머들러의 결혼식이 불러일으킨 혼란이 가라앉자마자 발명품을 뜯어 고치기 시작했다. 끊임없이 바꾸고 확장하고, 꾸미고 사포질하고, 회반죽을 바르고 페인트칠한 결과, 바다 관현악단은 거실처럼 보이게 되었다.

가끔 호지스는 독재자나 왕립 무법 개척민과 함께 짧은 여행을 다녀오곤 했지만, 늘 저녁을 먹으러 집으로 돌아왔다.

나는 멀리 나아가고 싶었고, 나를 기다리는 커다란 세상이 그리워서 점점 시들어 갔다. 비는 점점 더 심하게 내렸고, 키나 조명이나 크랭크 덮개나 어디 다른 곳에 계속 뭔가 고칠 게 생겼다.

점점 더 큰 폭풍이 몰아쳤다.

밈블의 집은 바람에 날아갔고, 밈블의 딸은 밖에서 자다가 감기에 걸렸다. 머들러의 커피 통은 비가 샜다. 좋은 난로가 있는 제대로 된 집은 나밖에 없었다. 그럼 어떻게 되겠는가? 당연히 모두 나와 함께 살게 되었다. 조타실에서 함께 지내는 가족이 늘수록 내 외로움은 더 커져 갔다.

친구들이 결혼하거나 왕실 발명가가 되는 일이 얼마나 위험한지 모른다. 처음에는 심심하면 여행을 떠나고 원하는 곳이면 어디든 갈 수 있는 모험심 강한 친구들이 모여 무법자 단체를 만들었고, 온 세상이 열려 있었다. 그런데 갑자기 이들 모두 더는 모험에 관심이 없다. 그저 따뜻한 곳에 있고 싶어 한다. 비를 겁낸다. 배낭에 들어가지 않는 커다란 물건을 모으기 시작한다. 소소한 이야기만 늘어놓는다. 불현듯 결정하거나, 정반대로 하고 싶어 하지 않는다. 전에는 돛을 올렸지만, 이제는 그릇 놓을 작은 선반을 만든다. 누가 눈물 없이 이런 이야기를 할 수 있겠는가!

최악은 이 모든 상황이 내게도 잘 맞고, 그들과 난로 앞에 앉는 시간이 점점 더 편해지면서 바다독수리처럼 자유롭고 용감해지기 더 어려워진다는 데 있다. 사랑하는 독자들이여, 이해하겠는가? 나는 갇혀 있었고 외부인이었으며, 그래서 결국 나는 아무것도 아니었고, 폭풍은 계속 불고 비는 하염없이 내렸다.

이제부터 이야기할 아주 특별한 날 저녁에는 날씨가 정말 끔찍했다. 지붕은 삐걱거렸고, 서남쪽에서 불어오는 폭풍은 연기를 굴뚝 아래로 끌어내리곤 했으며, 빗방울은 작고 빠른 발걸음으로 베란다를 뛰어다녔다. (나는 함교를 베란다로 바꾸었고, 톱질로 솔방울 무늬 난간을 만들었다.)

밈블의 아이들이 침대에 누워서 물었다.

"엄마, 책 읽어 주실 거예요?"

밈블이 말했다.

"물론이지. 어디까지 읽었더라?"

아이들이 소리쳤다.

"트위그스— 경감이— 살금살금— 다가갔다!"

밈블이 말했다.

"자, 트위그스 경감이 살금살금 다가갔다. 저 멀리에서 빛나는 게 권총의 총신이었을까? 정의로운 복수는 차디찬 얼음과도 같이 확고하게 미끄러지듯 다가가다 멈추었고, 또다시 살금살금 앞으로 나아갔다……."

나는 이미 여러 번 들었던 밈블의 이야기를 무심히 듣고 있었다.

유령이 말했다.

"나는 저 이야기가 좋더라."

유령은 상자 손잡이를 장식할 봉투에 (까만색 플란넬 천에 뼈로 된 문 모양을) 수놓으며 시계를 쳐다보았다.

머들러는 퍼지의 손을 잡고 난로 앞에 앉아 있었다. 요스터는 혼자 카드놀이를 했다. 호지스는 엎드려 『대양 횡단 여행』 그림책을 보고 있었다. 안온하고 아늑한, 진짜 가족과도 같은 삶의 풍경이었고, 오래 보면 볼수록 더 불안해졌다. 발이 근질근질했다.

물거품이 덜컹거리는 새까만 유리창을 때리곤 했다.

내가 생각에 잠겨 말했다.

"오늘 같은 밤에 바다에 나가 보면 어떨까."

"보퍼트 풍력 계급이 8이야. 더 높지만 않으면 괜찮지."

호지스가 이렇게 맞장구치더니 그림책 속 파도를 가만히 들여다보았다.

"밖에 나가서 날씨 좀 봐야겠다."

나는 이렇게 중얼거리고 바람이 들이치지 않는 쪽 문으로 슬그머니 나갔다.

위협적으로 으르렁거리는 파도가 나를 둘러싼 어둠 속을 가득 채웠다. 나는 킁킁거리며 바다 쪽 냄새를 맡아 본 다음, 귀를 뒤로 젖히고 바람이 불어오는 쪽으로 나아가기 시작했다.

폭풍은 으르렁거리며 내게 달려들었고, 나는 폭풍이 몰

아치는 가을밤에 바깥을 어슬렁거리고 있을 이름 모를 끔찍한 무엇인가를 보지 않으려고 눈을 감아 버렸다. 너무 끔찍해 생각하기조차 싫은 그 무언가를 보지 않으려고…….

어쨌든 이런 일은 내가 좀처럼 생각한 적 없었던 드문 상황 가운데 하나였다. 나는 파도가 으르렁거리며 몰아치는 바닷가로 가야 한다고만 생각했고, 훗날 살면서 몇몇 놀랄 만한 결과로 이어졌던 마법과도 같은 예감이었다.

달은 밤하늘 구름 사이에서 나타났고, 젖은 모래는 금붙이처럼 빛을 반짝였다. 파도는 새하얀 용들이 줄지어 늘어선 듯이 바닷가로 몰아쳤는데, 발톱을 세운 채 높이 솟구쳐 올랐다가 모래 바닥으로 떨어졌고, 쉬익하며 어둠 속으로 물러났다가 다가왔다.

그때를 회상하면 지금도 어쩔 줄을 모르겠다!

무민마마가 우리 섬의 바닷가로 떠밀려온 바로 그 중요한 밤에 내가 (무민이 최악이라고 생각하는) 어둠과 추위를 무시하고 바닷가를 헤매게 만든 것은 무엇이었을까? (오, 자유여. 이 얼마나 신비로운가.)

조난자는 판자를 꼭 붙잡고 파도 끝에 매달린 채 만 안쪽으로 공처럼 날아들었지만, 뒤이은 파도가 다시 바다로 끌고 나갔다.

나는 물가로 뛰어들어 최대한 크게 소리쳤다.
"내가 여기 있어요!"

조난자가 다시 바닷가로 떠밀려왔다. 조난자는 판자를 놓았고, 발이 공중에 붕 뜬 채 날아왔다. 나는 눈 하나 깜빡하지 않고 시커먼 벽 같은 파도가 다가드는 모습을 쳐다보았다. 내가 조난자를 품에 가두자마자 거품이 이는 파도에 무력하게 휩쓸려 뱅글뱅글 돌았다.

나는 초자연적인 힘으로 발을 단단히, 아주 단단히 모래에 박아 넣은 다음, 내 꼬리를 잡아채려는 굶주린 파도와 휘청거리고 발버둥치고 싸우며 육지까지 비틀비틀 걸어 나왔고, 사납고 잔인한 바다에서 멀어져 안전해진 다음에야 나의 아름다운 짐을 내려놓았다. 세상에, 헤물렌 아주머니를 구했을 때와는 전혀 달랐다! 내가 구한 이는 무민이었고, 나와 비슷하지만 훨씬 더 예쁜 무민이었으며, 작고 여성스러운 무민이었다!

그녀가 일어나 앉아서 소리쳤다.

"손가방을 구해 줘요! 손가방을 구해 줘요!"

내가 말했다.

"당신 손에 있잖아요."

그녀가 소리쳤다.

"아, 그대로 있네요. 정말 고마워요……."

그러더니 그녀는 커다란 검은색 가방을 열고 뒤적거리며 무언가를 찾기 시작했다. 마침내 그녀는 콤팩트를 꺼냈다.

그녀가 서글프게 말했다.

"물 때문에 파우더가 엉망이 되었겠죠."

내가 점잖게 말했다.

"그럼 어때요. 파우더 없이도 아름다워요."

그러자 그녀는 말로 표현할 수 없는 눈길로 나를 바라보며 해맑게 얼굴을 붉혔다.

바로 여기, 질풍 같던 내 젊은 시절의 중요한 전환점에서 이야기를 끝내겠다. 무민 가운데 가장 사랑스러운 무민마마가 내 삶에 굴러 들어온 바로 이 장면에서 회고록을 마무리하겠다! 이날 이후, 그녀의 부드럽고 이해심 많은 눈이 내 어리석음을 지혜와 합리성으로 바꾸어 놓았고, 동시에 거친 자유의 매력은 사그라지고 이 책을 쓰게 되었다.

이 모든 일이 아주 오래전에 일어났지만 이제 기억이 새록새록 떠오르니 모든 일이 다시금 색다르게 일어날 것만 같다.

아름다운 모험이 결코 끝나지 않았음을 확신하며 (끝이라면 꽤 서글프리라.) 펜을 내려놓는다.

무민이라면 누구나, 특히 젊고 재능 있는 무민으로 언젠가 한 번은 겪어야만 하는 경이롭고도 험난한 경험을 배울 생각이라면 모두 내 경험, 내 용기, 내 지능, 내 미덕을 (그리고 내 어리석음까지도) 깊이 생각하라.

이로써
회고록은
끝났다.

그러나 아직
중요한 후기가 남아 있다.
다음 장으로 넘어가라!

후기

무민파파는 펜을 베란다 탁자에 내려놓고 조용히 가족을 돌아보았다.

　무민마마가 감격스럽게 말했다.

　"여보, 훌륭해요!"

　무민이 말했다.

　"멋져요, 아빠! 이제 아빠는 유명해요."

　무민파파가 깜짝 놀라 소리쳤다.

　"무슨 말이니?"

　무민이 확신에 찬 목소리로 말했다.

"이 책을 읽으면 누구나 아빠가 유명하다고 생각할 테니까요."

무민파파가 즐거운 듯 귀를 흔들며 말했다.

"그렇겠지!"

스니프가 소리쳤다.

"그럼 그다음에는 어떻게 됐어요?"

"글쎄, 그다음에는."

무민파파는 이렇게 말하고는 집, 가족, 정원, 무민 골짜기 그리고 젊은 시절 이후에 일어난 모든 일을 가리키듯 손을 내저었다.

무민마마가 수줍게 말했다.

"사랑하는 아가, 그다음에는 그게 시작됐지."

갑자기 불어 닥친 돌풍이 베란다를 흔들었다. 빗줄기가 거세어졌다.

무민파파가 무심하게 중얼거렸다.

"이런 밤에 바다에 나가 보면 어떨까."

스너프킨이 말했다.

"그러면 우리 아빠는요? 요스터 말이에요! 요스터는 어떻게 됐어요?"

스니프가 소리쳤다.

"맞다, 머들러는요! 하나뿐인 우리 아빠 머들러를 잊어

버렸어요? 아빠의 단추 수집품이랑 퍼지는 말할 것도 없고요!"

베란다가 조용해졌다.

그리고 놀랍게도 이 이야기에서 절대 빠질 수 없는 바로 그 순간에 누군가가 문을 두드렸다. 강하고 짧게 똑똑똑.

무민파파가 벌떡 일어나 소리쳤다.

"누구세요!"

그러자 깊은 목소리가 대답했다.

"문 열어! 축축하고 추운 밤이야."

무민파파가 문을 활짝 열고 소리쳤다.

"호지스!"

호지스가 베란다로 기어 올라오더니 빗물을 털어내며 말했다.

"여길 찾아오는 데 시간이 좀 걸렸군. 잘 지냈나?"

무민파파가 기쁨에 넘쳐 소리쳤다.

"하나도 안 늙었군! 세상에, 이렇게 기분 좋을 수가! 세상에, 이렇게 행복할 수가!"

그때 가늘고 희미한 목소리가 들렸다.

"오늘 같은 운명의 밤에는 주인을 잃은 뼈들이 바닷가에서 그 어느 때보다 더 달그락거린다!"

그러더니 유령이 다정하게 씩 웃으며 호지스의 배낭 속

에서 기어 나왔다.

무민마마가 말했다.

"잘 왔어요. 럼토디 어때요?"

호지스가 말했다.

"고마워요, 고마워요. 나한테 한 잔. 유령한테도 한 잔 주세요. 그리고 저 밖에 있는 이들한테도 몇 잔 필요하겠군요."

무민파파가 물었다.

"누가 더 있나?"

호지스가 웃으며 말했다.

"응. 엄마 아빠가 몇 명 있지. 조금 부끄러워하더군."

스니프와 스너프킨이 빗속으로 뛰어나갔고, 그곳에는 스니프와 스너프킨의 아빠 엄마가 추위와 오랫동안 연락하지 못한 민망함에 몸을 떨고 있었다. 머들러는 퍼지의 손을 잡고 서 있었고, 둘 다 커다란 여행 가방에 단추 수집품을 잔뜩 가지고 있었다. 요스터는 꺼진 파이프를 입에 물고 있었고, 감격에 겨워 눈물을 흘리는 밈블이 밈블의 딸과 밈블의 아이들 서른네 명과 무엇보다도 (눈곱만큼도 자라지 않은) 미이가 서 있었는데, 이들이 모두 들어오자 베란다 안이 발 디딜 틈 없이 북적거렸다.

정말 멋진 밤이었다!

그 어떤 베란다에도 그토록 많은 질문과 큰 소리와 포옹과 설명 그리고 럼토디가 들어갈 수는 없었고, 스니프의 아빠와 엄마가 단추 수집품을 정리하며 절반을 그 자리에서 아들에게 선물하자 너무 부산스러워진 통에 밈블의 아이들이 모여서 옷장에 숨기기 시작했다.

호지스가 일어서서 잔을 들었다.

"조용히! 내일……."

무민파파가 젊은 시절로 돌아간 듯이 눈을 반짝이며 뒤따라 말했다.

"내일."

호지스가 소리쳤다.

"내일 우리 모험이 계속된다! 바다 관현악단을 타고 날아오른다! 모두 다. 엄마들, 아빠들, 아이들까지!"

무민이 소리쳤다.

"내일이 아니라 벌써 오늘 밤이에요!"

그러고는 모두 새벽안개가 낀 정원으로 뛰어나갔다. 동쪽 하늘은 태양이 뜨기를 기다리며 맑아졌다. 태양은 떠오를 준비가 되었고, 몇 분 뒤면 밤이 끝나고 모든 일이 처음부터 다시 시작될 터였다.

이제 믿지 못할 가능성이 가득한, 일어나게 내버려 두기만 하면 무슨 일이든 일어날 수 있는 새날의 문이 열리고 있다.